震源宝剣

草薙剣闘争譚

如月克行
Katsuyuki Kisaragi

文芸社

目次

序——神事

昭和十九年十二月二十五日。吉備《きび》地方のとある洞窟《どうくつ》……ここで今まさに国運を賭《と》した神事が行われようとしていた。

首謀者は某帝国陸軍大尉《たいい》、彼は軍務の傍《かたわ》ら、有史以前神代の超自然エネルギー制御の研究を進めて今日という日に漕《こ》ぎ着けたのだった。

大尉と部下達は所定の場所にしつらえた祭壇に一振《ひとふり》の剣を奉《ほう》じた。そして、彼が旧家等から発掘した古文書を元に制作した祝詞《のりと》と共に神事を開始した。

そう、大尉が行おうとしていたのは、神代の怪物八岐大蛇《やまたのおろち》を召喚する壮大かつ厳《おごそ》かな神事だったのだ。

神事は、三日三晩に及んだ。その果てに、大尉は、八岐大蛇の言葉（意思）を聞いた。

『身の程を知れ』

それを聞いた直後、大尉の身は、爆風の様な衝撃波で吹き飛ばされた。そのまま祭壇と反対側の壁に叩《すさ》きつけられた。

程なく今度は、凄まじい揺れとともに天井が崩落を始めた。

大尉は衝撃波で全身打身の状態ながらもその精神力で這《は》う様に祭壇を目指した。だが大尉は祭壇もろとも生き埋めになってしまった。

大尉のいる洞窟を襲った烈震は、洞窟や吉備地方を襲っただけではなかった。烈震は西日本を中心に北は南関東、西は四国、中国地方までを襲う大地震だった。世にいう『昭和東南海地震』であった。

それから半日後、洞窟からそう遠くない地点に待機していた部下達が、大尉のいる洞窟の崩落現場に到達した。部下達は直《ただ》ちに生き埋めになった大尉の捜索を開始した。

「急げ、時間がないぞ」

大尉の副官である准《じゅん》尉《い》が兵士達を指揮し、捜索活動を続ける。丸一日半の後、遂《つい》に大尉を掘り当てた。

「……大尉、大尉殿しっかりして下さい」

一人の兵士が声を掛けると、下半身がまだ土中に埋没している大尉は、少し顔を上げ呻《うめ》いた。

「准尉殿、こちらです。生きておられます」

大尉を発見した兵士は、そう叫び捜索中の兵士達を集める。それを聞きつけた兵士達は次々に大尉の周りに集まり、慎重に大尉を掘り出しにかかる。程なく大尉は掘り出され、担架《たんか》に乗せられて洞窟の入口近くにある猫の額《ひたい》ほどの平坦な場所に運ばれた。

そこに捜索の指揮を執っていた准尉が現れた。

「大尉殿、ご無事でしたか」

准尉が声を掛ける。

「……」

大尉は何事か呻く様に言っているが聞き取れない。

「何ですか大尉殿！」

「……何が……何が違ったというのだ…………何故大蛇は……」

「大尉殿！　もう喋《しゃべ》らないで下さい。おい衛生兵、大尉殿をお連れしろ！」

数名の兵士が大尉を乗せた担架を担いで下山しようとする。

すると大尉は突然大声を張り上げた。

「わっ、私のことはどうでもいい！　じゅ准尉！　すぐに……すぐに剣を確保しろ！」

瀕死《ひんし》の重傷を負った大尉の叫び声に誰もが驚き、その精神力に驚嘆した。

「我々が捜索に残ります……大尉殿はお早く病院へ……衛生兵、急げ」

「はっ」

だが、大尉はなおも声を張り上げ続けた。

「じゅ、准尉……あれ（剣）がなくては、日本は敗れる……かっ必ず確保しろ！」

そのまま大尉は麓《ふもと》の村にある医院へと運ばれて行った。


当初危険な状態だった大尉は、驚異的な精神力で危篤《きとく》状態を脱し、一週間後には病床ながら自ら食事ができるまでに回復した。

その頃大尉の下を副官の准尉が訪ねて来た。ノックすると、普段通りの張りのある声で返事が返って来た。

「大尉殿、経過は順調な様でありますね」

「ああもう大丈夫だ」

「手続きが完了しました。明日陸軍病院から迎えが参ります」

「そうか……」

しばし看護婦を前に当たり障《さわ》りのない会話が続く……。

しばらくすると准尉は看護婦に席を外す様に言った。看護婦が病室を出て行くと、にこやかだった准尉が突然真剣な顔になる。

「大尉殿、ご指示通り今日の朝方剣を発掘致しました。大きな損傷もありません」

これを聞き、大尉も真剣な顔になる。

「当たり前だ。あの剣は超人的な力を秘めた神器、そう簡単に壊れる物ではない。他はどうだ？」

「洞窟内にいた護衛の兵二名は死亡しました。また祭壇も他の供物その他も大半が失われました」

「そうか……また出直しだな」

大尉は肩を落とす。

「大尉殿、気を落とさないで下さい……大尉殿が健在であれば何度でもやり直しがききます」

力強く准尉が言う。

「米軍の本土侵攻まで、そう時間はあるまい……我が皇軍が太平洋の島嶼《とうしょ》戦で体験したあの圧倒的物量と科学力……それに対抗するには我が陸軍の全兵力を以《もっ》てしても不足だ。最早あの剣……いや、あの剣で召喚する八岐大蛇の超人的な力に頼る他ない……何としても本土決戦までに間に合わせなければならない」

「ですが大尉殿。そのお身体では……」

「身を惜しんで何ができる。我が隊の真意、よもや他言はしていまいな」

「勿論です。兵の死亡も大尉の負傷も訓練中の事故ということで処理しました」

「そうか、後始末が終わり次第、直ちに次の神事の準備に掛かれ」

「はっ」

そう命じた大尉ではあったが、今回の神事の失敗を受け、懸念がない訳ではなかった。何故、何故大蛇の召喚は失敗したのか……。神代ヤマトを支配したとされる八岐大蛇召喚の儀式神事に失敗し、手傷を負った大尉だったが、心は既に再びの神事へと移っていた。


翌日、予定通り大尉は陸軍病院へ移送された。なおも意気軒昂《けんこう》で病床から准尉に指示を出し続けたが、次の神事の準備が終わる前に沖縄来寇《らいこう》、東京大空襲、原爆投下、ソ連参戦と続き、遂に昭和二十年八月十五日を迎えた。

本土決戦は回避され、『鬼畜米英撃滅』を期した大尉の目標は失われた。しかし大尉は諦めなかった。目標を『占領軍駆逐』に、そして程なく始まった冷戦に伴う『対ソ戦準備』へと、次々に目標を変えた。同時に神事失敗の原因を究明すべく精力的に全国を行脚《あんぎゃ》した。全国の旧家を巡《めぐ》り、旧皇族、旧華族の放出した古文書を収集し、解読に務め、闇社会に流れ出るところの怪しい物にまで手を出した。

だが戦後の混乱期ではそれも思うに任せず、朝鮮戦争勃発に伴うサンフランシスコ平和条約による非武装対米従属政権成立など、平和日本の気風が浸透するにつれ、嘗ての大尉の部下達も一人、また一人と大尉のもとを去って行った。

大尉自身も神事失敗で生き埋めとなった際の古傷から遂に力尽き、戦後六年を経て再び病床の人となった。最早、大尉に従う部下は、副官の准尉と伍長《ごちょう》の二人だけとなっていた。大尉の家族もまた、敗戦後なおも大蛇召喚に没頭する姿に呆《あき》れ果てて妻子は実家へ帰り、親族からも見捨てられていた。

こうして大尉の臨終の際に立ち会ったのは、准尉と伍長だけだった。

「大尉殿、しっかりして下さい。我らが悲願は、まだ道半ばです」

「……准尉……そして伍長……皇軍が消滅した今日まで、よく私について来てくれた……感謝する」

「大尉殿、勿体《もったい》ないお言葉です」

伍長が涙ぐむ。

「……我が悲願を達成せずして斃《くたば》るは、慚愧《ざんき》に耐えかねるが……最早これまでだ」

「大尉殿……」

「事ここに至っては、君等《ら》二人にそれぞれこれを託したい……」

大尉は一瞬意識を失う……しかし驚異的な精神力で再び意識を取り戻し、語りだした。

「准尉、貴様には剣を託す……」

「……大尉殿」

「……伍長、貴様にはこれだ。この帳面《ノート》には神事に必要な物と方法が記してある……。二人は来《きた》るべき日……皇国が、日本が真の独立を果たすその時……大蛇を、八岐大蛇を召喚し、その力を以てあらゆる外圧を排除するのだ……。これは命令ではない……私の遺言だ……」

　そう言い切ると大尉は大きく息をつき絶命した。神州日本の勝利のため、鬼畜米英撃滅のため、八岐大蛇召喚を試みた大尉の最期《さいご》だった。

　こうして後を託された准尉と伍長は、遺言通りそれぞれ剣と帳面を持ち、来るべき日の再会を約束し、郷里へと戻って行った。

第一部

一章　留年

大尉の死から六十余年。都心部に校舎を持つ大学で、この物語の主人公の一人となる大学生が最大の危機に直面していた。二度目の留年である。彼は昨年大学生活四年間を全うし、今春卒業する予定だった。しかし些細な事務的失策から卒業論文の単位が取れず見事に留年、大学生活五年目に突入していた。元々四年で卒業するつもりで単位を取得していたので、五年目に至っては授業に出る必要はない。そこで日々大学等の図書館に通い詰め、卒論に没頭できるはずだった。しかし思わぬ妨害の出現により、卒論提出まで半年を切った現段階でも予定以上に作業が遅れ、危機的状況に瀕《ひん》している。

その段になってようやく事態を実感した彼は、寸暇を惜しんで鋭意卒論の制作に努めていた。今日もまた書籍を山積みにし、コピー用紙に埋もれノートパソコンに向かい、黙々と入力を続けている。

そこに久し振りに妨害が現れた。一週間振りくらいであろうか、大学一年の春のあの日以来見飽きた顔である。

「よ～渡部、久し振りだな」

「ああ佐藤か……久し振りってほどでもないだろう」

「オイオイ随分《ずいぶん》と冷たいな、この東京で親友同士が一週間も会わなきゃ久し振りだろう」

確かに佐藤の言うことはもっともだ。しかし、今は個人的に非常時であり、無駄な……もとい卒論に無関係な人間との接触は最小限に抑えたい。当然佐藤も昨年卒論を書いた訳だから、渡部の現状は十分に理解しているはずだ。しかしこの男は、確信犯か無神経なのかは知らないが、たびたび渡部のもとに出没し、作業を妨害してくる。

「閑話休題（それはともかく）おまえどうやってここに入った？」

この大学の図書館の入場はICカードを兼ねた学生証で管理されていて、学生か教職員、または地元住民等、一定の資格を持った者しか入ることはできない。昨年要領よく立ち回り、書類上の不備だけを排除したいい加減な卒論を提出してサッサと卒業した彼はどれにも当て嵌《はま》らない。考えられるのは入場口の強行突破だが、当然警備員もいるので不可能に近い。

「それはだね……偽造カードで……というのは嘘で、少々カルガモになってみたんだよ」

「カルガモ？　……って貴様！」

『カルガモ』とは、通称『カルガモ走法』の略で、高速道路のATCシステム導入直後の黎明《れいめい》期、小型の軽自動車で大型車の後方限界まで車間距離を詰め、料金所のゲートが閉じる直前に突破し高速道路をタダ乗りする違法行為のことで、監視カメラに映ったその姿がさながらカルガモの親子の様に見えることからその名が付けられていた。恐らく佐藤は図書館に入場する学生の真後ろギリギリに接近して、ゲートが閉じる前に突破し、図書館内に侵入したのであろう。流石《さすが》に大学の図書館なので違法とまで言えるかどうかは微妙な線だが、明らかに「侵入者」である。

「まあ、おまえさんの立ち回り先で携帯電話の通話ができないところは限られているからな、ここにいることは簡単に想像できたよ」

　佐藤の性格上、偽造カード等という手間を掛ける可能性は低い。恐らく言っていることは本当であろう。しかしこの佐藤という人間はどうも現代日本で生きていくには法令とか規則を順守するという発想に欠けている気がする。しかしそんなことは、出会ってしばらく経って判ったことなので論じる気も暇も今はない。

「で、今日は何の用だ？」

　渡部が佐藤に問う。最早渡部の興味は、早くこの厄介な『親友』を追っ払い、卒論制作作業を進めることだけだ。

「残念ながら今日はおまえに用事じゃないんだ。小沢さんに呼び出されていてね」

なるほど……佐藤は、昨年大学を卒業し晴れて『学士』様にはなっていたが、『修士号』を狙う大学院前期博士課程の入試には失敗し、次期大学院前期博士課程入試を目指すいわゆる『学生浪人』状態にある。そのことは大学在学時に所属していた研究室の学生、院生、研究員や懇意にしていた教職員等々のかなり多くに周知の事実である。

「小沢さん？　おまえなんか呼び出してどうするつもりだ？」

小沢とは、何かと二人の面倒を見ている講師のことで、卒論制作を失敗した渡部も、大学院入試を控えた佐藤も、色々といまだに気にかけてくれるありがたい人物だった。

「知らん。だが、とにかく来てくれと言われた」

「そうか……じゃあサッサと行けば？」

渡部が佐藤を冷たく突き放す。

「……そう言わずにさぁ、一緒に行こうよ」

「俺は、忙しい……もうすぐ授業が終わるから研究室に行けば会えるよ」

「冷たいなぁ……」

一転下手に出る佐藤であったが、渡部はそれを簡単にあしらう。

「言わなくても俺の現状は知っているだろう……トットと失せろ」

「判ったよ……一人寂しく研究棟に行ってくるよ」

そう言って佐藤は去って行った。

十分余りの時間が過ぎただろうか。ここは大学の研究棟。図書館の様な入場規制はないので、部外者でも誰でも出入可能だった。立看板程度で関係者以外の立入りを規制しているに留まっている。若い者なら『学生』、年嵩《としかさ》なら『教員』の振りをして出入りすれば何の問題もない。

佐藤もまた、当然の顔をして研究棟に足を踏み入れた。目指すは大学時代に所属していた高須研究室。そこに佐藤を呼び出した小沢講師もいるはずだ。

研究棟内を歩き、高須研究室を目指す佐藤。在学中と何一つ変わっていない。まぁまだ卒業から一年弱、当たり前と言えば当たり前だ。

程なく研究室の前に到着する。中には数人の気配がする。無造作にドアをノックして開けた。

研究室の中央に会議用の折り畳み机が横に二基並べて置かれ、その周囲は四、五個パイプ椅子があった。壁際には資料で埋め尽くされた本棚がそそり立ち、パイプ椅子の背後に迫っていた。机の上には、資料をコピーした用紙や、誰が持ち込んだか飲みかけのペットボトル飲料が置かれている。パイプ椅子の一つに見慣れた後輩が座り携帯電話で通話している。気配の正体はこの人物らしい。

この後輩は佐藤の入室に気づいて早々に通話を切り上げ、挨拶《あいさつ》して来た。

「佐藤さん、お久し振りです」

「斉藤か、相変わらずだな」

「今日は教授にご用ですか？」

斉藤が佐藤に聞く。

「おまえさんは、週末の打ち合わせか？」

「ええ、ここのところ部員が増えちゃって毎週開催ですよ」

「世の中何が流行《はや》るか判らんな」

「全くです」

軽く世間話をした後、佐藤が本題に入る。

「ところで小沢さんはまだ講義か？」

「そうですね……まだ戻っては来ていませんね」

「そうか……」

「すぐ来ますから、その辺に座っていて下さい。今お茶でも出しますから……」

そう言って斉藤が立ち上がる。

「いいよ、待たせてもらうだけで……」

佐藤はそれを制する。

「そうですか……」

まだ当分小沢は来そうもないので、斉藤との世間話を継続することにした。

「ところでどうだ、サークルの方は？」

斉藤は、佐藤、渡部の二期後輩で、同じ学部学科研究室に属していた。度を超えた軍事マニアで、サバイバルゲームサークルの幹部でもある。

「ええ、頭数だけは増えたんですが……使える奴は少ないですね」

「電子機器にネイティブな連中は駄目か？」

「体力面はまだしも、いまいち戦意に欠けるんですよ……。佐藤さん、前々からお願いしていますが、一度助っ人で出てくれませんか？」

詳細は後記するが、佐藤はこの分野の人間としては非常に喧嘩《けんか》馴れしていて、在学中から斉藤にサバイバルゲームへの参加を要請されていた。

「いやぁ俺なんか、銃の扱いもロクに判らんし、参加しても邪魔になるだけだよ」

「いえ、佐藤さんの運動神経なら大丈夫ですよ。今年の新入部員よりは、遥かにましです」

「それもまた、情けない話だな」

佐藤は軍事マニアではない。それどころか扱ったことのある銃器と言えば駄菓子屋の銀玉鉄砲がせいぜいの人物である。いつも斉藤の『勧誘』は丁重にお断りしていた。

そんな雑談がどれくらい続いたであろうか。ようやく講義を終えた小沢が研究室に戻って来た。

「佐藤、来てくれたか」

「小沢さん、お久し振りです」

「今は何をしているんだ?」

「実家の電気工事店を手伝っています。まぁ大きな工事がある時だけで、学生浪人と言っても実質はニートです」

実は、佐藤は工業高校電気科から文学部史学科に入ったという変わり種で、何と電気工事士の資格を保有していた。実家にとっても『安く使える』有資格者の人材は貴重らしく、特に職探しをしろとも言われず、ニート化しつつあった。

「早速なんだが、佐藤これをどう思う?」

本当に単刀直入に小沢は切り出してきた。手には一枚の写真がある。

佐藤は、無言でそれを受け取る。

「……何ですかこれは?」

写真には、何とも言い難《がた》い刀剣の様なモノが写っていた。

「刀剣ですか?　これは?　それも大分《だいぶ》古い様式の物の様ですね」

その会話に斉藤が割って入る。

「おまえこういうの判るの？」

「ええ、一応武器ですから……」

「ふ～ん」

佐藤の興味はいまいちの様だ。

「旧家の蔵から出てきたそうだ。鑑定依頼でね、跡継ぎがいないから、しかるべきところに寄付したいそうだ」

「随分と綺麗な品ですね。また中国辺りが作った模造品でしょう」

佐藤は最初から疑ってかかっている。確かに写真に写る刀剣は、新品同様とまでは行かないが、一見では骨董品《こっとうひん》の様には見えない。

「終戦直後に手に入れた品らしい。一緒にその当時のことが書かれた軍隊手帳が出てきたらしい。どうも来歴には日本神話が関係している様だ」

なるほど、小沢の専門は日本神話なので、この手の話に興味を持つのも納得が行く。

「終戦直後なら、なおのこと怪しいですね」

「……そこでなんだが、佐藤君、この剣の調査に二週間後の週末に行くことになったんだが、同行してくれないか？」

「刀剣の調査なら斉藤の方が適任じゃないですか」

写真だけで一目で刀剣と見抜き、色々な時代の武器に精通した彼の方が明らかに自分より適任だ。

「彼には、サークル活動があるからと、もう断られたよ」

だが、この研究室にも、他に学生、院生、研究員の類《たぐい》がいくらでもいる。何故浪人生の自分に声が掛かったのか、佐藤はいまいち小沢の真意を計りかねた。

「すみません。この日は少々用事がありまして……その実家の受注した大きな電気工事を手伝わなくてはいけないので……」

佐藤にも事情があった。この不景気には珍しく、実家の電気工事店が二日掛かりの大きな電気工事を受注したのだった。

「……そうか、そういうことなら仕方ないな」

「ええ……すみません」

佐藤は小沢の誘いを丁重に断るしかなかった。

しかしこのことが後々まで悔恨《かいこん》を残すことになろうとは、佐藤も斉藤も小沢自身もまだ知らない。

二章　剣《つるぎ》

工具を失くした。この章は一見本筋とは無関係そうなこの話から始まる。

佐藤が小沢講師に呼び出されてから二週間後の週末。小沢は単身、鑑定依頼のあった剣の発見された旧家に向かった。一方佐藤は実家の受注した電気工事の手伝いに勤《いそ》しんでいた。

小沢がどの様な調査をしていたか不明だが、土曜の午後遅く佐藤の携帯電話に、興奮した様子の小沢から留守電が入っていたところを見ると、何かしらの大発見があったに違いない。しかし小沢が一体今後の物語を左右する内容を何処《どこ》まで知っていたかは、今となっては闇の中である。

原因は二つある。一つ目は電話を受けた佐藤がその電話に出られなかったことである。小沢は、佐藤の土曜の工事の終了後を狙って電話したらしいが、工事中に発生した問題により予定時間が大幅に超過して、気づくのが遅れた。

その問題が、特殊工具の紛失である。今回受注した工事は新築の建物への配線工事ではなく、旧《ふる》いビルの屋内配線の更新工事だった。しかしこのビル、大手企業の本社ビルというだけあって中々のものだった。工事としては単純だったが、階数もそれなりにあり、その手間たるや膨大で、実家の電気工事店だけでは足らず、助《すけ》っ人《と》を頼んだ。それでも相当なモノだった。

更にこのビルの配線工事には特殊な工具を必要とし、工事人達はビル管理会社側からその工具を借り受けていた。ところがその一つを作業中に紛失してしまったのだ。

結局特殊工具は見つかったものの、作業全体そのものに大きな遅れを生じることとなった。その結果、佐藤が小沢からの留守電に気づいたのは、日もとっぷりと暮れた夜中家に帰ってからだった。その時間では最早電話するのは悪いと思い、翌日掛け直すことにした。しかしそれが実現することはなかった。

翌朝、佐藤が前日の工事の続きを行うため、実家で朝食を摂り身支度をしている時、突然そのニュースは飛び込んで来た。

昨日未明、関東近郊の旧家に押し込み強盗が入り、家内にいた二名が殺害されるという事件があったと報道された。その被害者は、家人と、偶然調査のために訪れていた都内大学の講師、小沢――。

突然のことに佐藤は愕然とした。慌てて小沢に連絡を取ろうとして携帯電話にかけてみても繋がらない。どうやら小沢は旧家の家人ともども犠牲となったらしい。

続いて渡部に電話を掛ける。彼はまだ寝ていたらしく、数度の試みでようやく繋がった。当然事件のことはまだ知らない。寝惚《ねぼ》けて「何かの間違いだろう」と言い出す始末。

とりあえず工事には行かなければならないので、渡部には今日一日のテレビニュースを注視する様依頼した。

その後のニュースでようやく事態を把握した渡部は、卒論制作も切迫した状態なので、佐藤の依頼を無視する形で卒論制作に入った。佐藤へは、適当に「新しい情報はない」と言っておけばいいと思ったのだろう。

一方工事現場に向かった佐藤だったが、心ここに在《あ》らずで、何をしたか、何があったか等全く覚えていない。

作業を早々に終わらせて、工事人とは別ルートで早急に帰宅して渡部に連絡を取り、情報（状況）を確認しようとしたが、前記の通りの答えが渡部から返ってきた。この手の事件報道は全く進捗《しんちょく》しないことも珍しくないので、佐藤はそれ以上、疑問を呈さなかった。

そのため、翌日午前中に大学で会うことを約束するに留まった。

翌日月曜日……ようやく社会が動き出す日。

その午前中、佐藤は大学の研究棟に現れた。渡部も時を同じくして大学に現れていた。程なく二人は、高須研究室に向かった。

大学では、昨日既に記者会見が行われていた。報道関係者はなおも中継車両を繰り出し、大学を包囲している。そのため普段より多い警備員が配置され、関係者以外の大学内への入場は厳しく制限されていたが、佐藤は渡部の同行者としてどうにか高須研究室に辿《たど》り着くことができた。

既に研究室の前には多数の学生が詰め掛けていた。その中に斉藤の姿を見つけ、佐藤は話し掛けた。

「おい、斉藤」

名前を呼ばれ、斉藤はびっくりした様な表情で振り向いた。

「あ、佐藤さん……渡部さんも……」

「大変なことになったな」

「ええ……」

「何か判ったか?」

「いえ、何の説明も……高須教授も現地に向かった様で、テレビニュース以上のことは何も……」

「仕方ないな……そのうち説明があるだろう、渡部、ここは俺と斉藤でいい。おまえは図書館で卒論を書いていろ。何かあったら連絡する」

佐藤は、彼を気遣いその場を引き受けた。

「……じゃあそうするよ」

そう言うと渡部は去って行った。


その後、昼前まで待ったが、大学、研究室側から何の説明もなく、ただ単に小沢講師と高須教授の講義の休講が発表されただけだった。その頃には集まった学生の数も減り、研究室はいつも通りとまでは行かないが静けさを取り戻しつつあった。

この状況に、佐藤と斉藤も根負けして昼食にすることにした。


学生食堂は、普段通り昼食を求める学生でごった返していた。渡部、佐藤、斉藤の三人は一つの卓を囲み食事を始めた。

「佐藤さん、今後どうなるんでしょう……」

斉藤が聞いてくる。

「判らん……ただ、小沢さんの授業の単位認定が問題になってくるな。実務的にはそれくらいだろう」

「人一人殺されててそれですか……」

その直後、斉藤の携帯電話が鳴った。彼は早々に昼飯を終わらせると、サークルの会合が入ったとかで、去って行った。

卓には渡部と佐藤が残された。

「しかし小沢さんは、残念だったな」

渡部が口を開いた。

「ああ……」

佐藤が力なく答える。

「一体何があったんだろう……」

「ただの強盗殺人じゃないかもしれない……」

佐藤が呟いた。

「どういうことだ?」

「実は、土曜の夕方、小沢さんから留守電が入っていたんだ。随分興奮した様子だったよ。何か発見したのかもしれない」

「何故もっと早く言わない!」

佐藤の発言に渡部が喰いついた。

「工事も立て込んでいたし、何よりおまえの卒論を余計なことで邪魔したくなかったから……」

こうは言っているが、在学中の経験から、こいつの行動には絶対何かある。『腹黒詐欺《さぎ》』と呼ばれた佐藤のことだ、そんな友達思いな理由だけであるはずがない。

「……で、小沢さんは何と言っていたんだ？」

渡部が佐藤を詰問《きつもん》する。

「別段何も……『折り返し電話が欲しい』、あと、『調査の一環で研究室に剣を送る』と言っていたな」

「ふーん」

渡部が興味なさげに返す。

「『ふーん』ってそれだけ？」

拍子抜けしたかの様に佐藤が問う。

「だってそれ以上何がある？」

「何って、剣に興味ないの？」

「俺の今の興味は卒論制作だけだ」

彼は剣に関する話の進展を期待した佐藤の話の腰を見事に圧《へ》し折った。長い付き合いだからできる芸当である。

「なぁ渡部よ。小沢さんの携帯電話の履歴から、警察は早晩俺のところにやって来るだろう。……アリバイは完璧だが、マークされるのはやむなしだ。自由に動けるのは今のうちだけだ」

佐藤は論点を暈《ぼか》しつつ何か行動を起こしたいらしい。

「回りくどいおまえの物言いに付き合っている暇はない。サッサと本音を言ったらどうだ」

渡部が業《ごう》を煮やした。

「関東圏発送ならもう着いているだろう……剣を見に行かないか？　この時間なら皆昼飯で、研究室も手薄なはずだ」

遂に佐藤の本音が出た。つまり佐藤は小沢の送った剣を確認するため、研究室に侵入する共犯者に渡部を選んだのだった。

「断る。この時期になるべく面倒なことはしたくない」

「そう、お手間は取らせませんから……」

「職務質問かよ。全く……俺は断るからな」

渡部は共犯者となることを断固拒否する。

それに前後して佐藤が真顔になる。

「……渡部、場所変えようか？」

「場所を変えても気持ちは変わらん」

「違う、先刻から俺達見られているぞ。誰かに……」

渡部がびっくりして辺りを見回そうとする。

「やめろ、おまえが見つけられる様な相手じゃない。相当の手練《てだれ》だ。知らない振りをしていろ……何気なくこの場を外れるんだ」

そう言って佐藤は食器を片付け始めた。渡部もこれに倣《なら》う。そして佐藤は立ち上がろうとした。

しかし、ここで佐藤と渡部を見ていた監視者は意外な行動に出た。こちらに近づいて来るのだ。

それに気づいた佐藤は動きを止めた。

「おい、佐藤」

渡部が訝《いぶか》しげに聞く。佐藤は黙《もく》して語らない。

なおも近づく監視者の気配……それは、卓の直前で止まった。

「失礼ですが、小沢さん……いや、高須研究室の関係者の方ですか？」

監視者は、渡部と佐藤の移動に焦ったか、直接接触を図ってきた。

その監視者はおおよそ渡部が想像したのとはかけ離れたモノだった。どうも若い女性か、少年の様だ。

佐藤は鋭い眼光で監視者を一瞥《いちべつ》する。やはり驚いた様だ。

「ええ、そうですが？　何かご用ですか？」

佐藤が先に口を開いた。

「立ち聞きしてすみません。貴方《あなた》がたが、こちらの大学の小沢講師とお知り合いの様でしたので、つい……」

監視者は立ち聞きしたことを謝る。

意外な展開だ。しかし警察関係ではない様だ。

監視者は話を続ける。

「どうでしょう、喫茶店でお茶でも……」

これも意外な展開だ。だが、面白そうだ。乗らない手はない。

「いいですよ。なぁ渡部」

「あっ、ああ……」

渡部はまだ事態が把握できていない様だ。

正体不明の監視者のお茶の誘いに、警戒心の強い佐藤が乗るのは極めて珍しい。このことも渡部の混乱に拍車を掛けた。

三章　武庫島《むこじま》党

　渡部と佐藤は、食器の返却を済ますと監視者と共に学食を出て、大学の出入口に繋がる坂道を下り始めた。坂を下りきって右折すると大通りに出る。その左手に大学の敷地にへばりつく様に一軒の喫茶店がある。ここは最近都内では珍しくなった喫煙席主体の喫茶店である。

　佐藤は何も言わず、当然の如《ごと》くその店に入った。

「渡部は珈琲《コーヒー》でいいな。そちらは……」

　佐藤は問う様に監視者に目を遣《や》る。

「紅茶を……」

　小声で監視者が答える。

「渡部、悪いけど席押さえてきてくれ。喫煙席ね」

「あっ、ああ……」

　既に昼過ぎ、喫煙文化の後退もあってか、席は簡単に確保できた。

「さてと……この渡部、高須研究室所属の大学生だ。貴方は……えーと」

そう言えば、まだこの監視者の名前を知らなかった。あちらも名乗らなかったし、こちらも聞いていなかった。

「あっ、渚《なぎさ》、村上渚です」

監視者はいとも簡単に名乗った。偽名なのか、最初から隠す意図がないのかは不明だが……。とにかく都合はいい。

「ところで村上さん……貴方は小沢講師とは一体どういうご関係で？　この大学の学生じゃないですよね？」

佐藤が村上に問う。

「渚で結構です。……小沢さんは数年前、調査研究のために私達の村に来られました。それ以来、私の実家とは懇意にしていらっしゃいました」

冷静に渚は答えた。名前で呼ぶ様にというのは、大して我々に警戒心を抱いていないということである。いや余程自分に自信があり、佐藤や渡部等警戒するに能《あた》わずと見たのかもしれない。

「なるほど、小沢さんとの関係は判りました。小沢さんが殺されたことはご存じでしょう、高須研究室に何のご用ですか？」

佐藤は更に質問を投げ掛ける。相手の立場も判らぬままであるにも拘《かかわ》らず、己の身分も明かさず偉そうな態度である。

「実は、一昨日《おととい》小沢さんから、久し振りに実家の方に電話がありまして……」

小沢さんから連絡？　それを聞き、この彼女もこの一件に少なからず関係していることを佐藤は直感した。

「それで？」

渚は続ける。

「『興味深いモノを発見したので誰か見に来て欲しい』と、小沢さんが調査中だという場所を教えられました。しかし、小沢さんがあんなことになってしまい、何かご存じの方はいないかと勤め先の大学の方に来た次第で……。そうだ、研究室ＯＢの佐藤さんをご存じありませんか？　何かあったら、その人を訪ねる様にと……」

いきなりダイレクトに来た。だが、この娘、事情を知りすぎている。犯人ではないにせよ『関係者』である可能性も否定できない。まだこちらの身分を明かすのは尚早《しょうそう》だ。何とかこちらの身分を明かさず、できるだけ多くの情報を引き出したいモノだ。

ここまでの話から察するに、少なくとも小沢は現地で佐藤、そしてこの村上渚と合流するつもりだった様だ。そして『何か』が起きることもある程度予期していたと見ていいだろう。だが、全ては情況証拠に過ぎない。小沢の身に何が起きたかは五里霧中だ。

「それならこいつが、佐……」

（ゴギ!!）

渚に佐藤の正体を明かそうとした渡部の脛《すね》を、佐藤は思いっ切り蹴り上げだ。渡部は、声もなく悶《もだ》える。

それに構わず佐藤は話を続ける。

「で、渚さん。他に何か言っていませんでしたか、小沢さんは？」

少し考えてから渚が答える。

「……さあ、電話に出たのは私ではありませんので、詳しくは……」

やはり……身元を隠して情報を引き出したいが……この辺が限界なのか？　だが、まだ彼女が『関係者』である可能性が消えた訳ではない。どうしたものか。佐藤が思案していると、渡部が奇声を上げた。

「……佐藤、貴様何をする！　それからいい加減、名乗らずに会話を続けるのはやめろ！」

しまった。この一言一撃で、渡部は佐藤の思惑を木端微塵《こっぱみじん》に粉砕した。だが、付け加えれば渡部の言う通り、佐藤が初対面の人間に名乗らず会話を進めるのは日常茶飯事で、大して珍しい話ではない。むしろ恒常的で、この点でよく同席する渡部は苦労させられていた。

「佐藤って……貴方が小沢さんの言っていたOBの佐藤さんですか？」

渚のこの問いに、佐藤はしまったという表情を浮かべながら答えた。

「ええ、多分、それは私のことだと思います。申し遅れました、高須研究室を昨年卒業して、その後も小沢さんと懇意にしていた佐藤です」

「でも、何故すぐに名乗ってくれなかったのですか？」

「小沢さんもああいうことになってしまい、突然現れた貴方です。事態が事態だけに最初、貴方を事件の関係者ではないかと疑ってのことなのです。どうかお許し下さい」

渚はなるほどといった表情を浮かべる。

「佐藤さん、貴方はどういった経緯でこの一件と？」

「どういった経緯と言われても……渡部、おまえ何か聞いているか？」

とりあえず渡部に振ってみる。

「俺は電話すら受けていない。それに卒論で忙しいんだ」

「だよな……私も、貴方の実家に電話があったのと同じ日に携帯電話に留守電が入っていて、それで留守電を返しただけです」

「留守電の内容は？」

渚の質問は続く。

「さあ……『月曜日にこちらに来て欲しい』というだけですよ。元々、小沢さんが研究のために関東某所の旧家に出向くので、同行して欲しいと頼まれていましたからね」

佐藤は正直に答えた。適当な嘘を言って、また油断だらけの渡部が何かを口走り、渚の信頼を失えば、今後の関係にも影響が出ると見做《みな》したからである。

「ですが、渚さん。貴方は、数年前実家に小沢さんが訪れただけの関係のはずです。この大学の学生でもない貴方に何故、小沢さんは連絡したのでしょうね?」

名前がバレて以来防戦一方だった佐藤が攻勢に転じた。口調は穏やかだったが、その眼は真剣そのもので気迫すら感じさせる。

それに対し渚はたじろぎもせず、意を決した様に答えた。

「実は……小沢さんにあることを依頼していたのです。正確には『お願いした』と言った方が正しいのかもしれません」

「『お願い』?　それは何です?」

佐藤は畳み掛ける。

「こればかりは小沢さんと懇意にしていた方にも私の一存では明かせません。長……いえ実家の許可がないと……」

長……今確かに渚は「長」と言いかけた。やはり渚は何らかの組織の構成員らしい。佐藤は一瞬、自分の身分を明かしたのが尚早だったのではないかと問い直した。しかしもう手遅れである。これではこの先、話が進まない。何とかしなくてはならない。

「その許可とやらを、何とか今取れませんか？　小沢さんは残念なことになりましたが、何か我々に協力できることがあるかも知れません。事情をお話し頂けませんか？」

佐藤は更に攻勢を強める。もしかすると小沢の死の謎が解けるかもしれない。その一念で渚に情報開示を迫った。

これに対し渚は、しばしの思案の後、立ち上がった。

「実家に電話して参ります。しばらくお待ち下さい」

そう行って渚は店外に消えた。しかしその姿は窓越しに見えている。

渚が席を立つと渡部が堰《せき》を切った様に喋り出した。

「佐藤一体どういうつもりだ！　あれやこれやと聞き出して、一体どうする気だ」

「どうって、小沢さんの死の真相が判るかと思って……」

「そんな危ないことは警察に任せておけ」

「おまえは案外不義理な奴だな、アレだけ小沢さんに世話になっといて、警察任せで気にならないのか？」

「それはだな……俺達の仕事じゃない。第一、俺は卒論で忙しいんだ。面倒なことには関わらんぞ」

渡部が冷たく突き放す。

「大丈夫だよ。最初からおまえになんぞ期待していない。それに俺がその辺の連中にオメオメヤラれる様な腕じゃないことはよく知っているだろう」

「そりゃあそうだが、面倒なことにかわりはない、期待していないなら、俺はこれで失礼するぞ！」

そう言って渡部は立ち上がろうとした。

「まぁ待て、最後まで聞いて行けよ……な。それに、おまえには期待していないが、おまえの立場が必要になるかもしれない。ここは俺に免じて頼むよ。下らん話なら埋め合わせはするからさ」

それを聞き、渡部は再び席に着いた。

程なく渚が戻って来た。

「失礼しました。少々時間がかかるとのことですのでお待ち頂けませんか？」

なるほど、実家か。口を滑らせた「長」とやらの決断を待たねばならんのだろう。

ということは、渚の属する組織は相当巨大な組織か、民主的な組織と推測できる。

「いいですよ。私は親の脛を囓《かじ》る暇な身分ですから……」

「じゃあ俺はそつ……」

（ゴキッ……）

再び佐藤が渡部の脛を蹴り上げた。渡部は声なく悶絶する。

それを無視して佐藤は渚と全く関係のない話を始めた。

「渚さん、今日は実家からいらしているのですか?」

渚は少々驚いた表情を浮かべた。

「いえ、何を聞き出そうという訳ではありません。何か許可が下りるまで間が持たないと思いましてね、それとも、そういったことに答えるのにも実家の許可が必要ですか?」

佐藤はここでも詰め寄るが、最早観点がズレている。

「……いえ、私は今実家を離れてこちらの女子大に通っています」

「ほぉ、ひょっとして隣の女子大ですか?」

「ええ、そうです」

「偶然ですな、これも神仏、いや、小沢さんのお導きだ。どうです今度合コンでも」

この行動に渡部は驚いた。佐藤を知る人物なら誰でも驚いただろう。真面目一徹でNHKニュースしか見ないと噂の佐藤が、自分から女性に合コンを言いだしたのだ。普段ストイックで通っている佐藤からは想像を絶する行動だ。

「合コンですか?　でも私、友達が少なくて……」

口実か、事実か、渚は躊躇《ちゅうちょ》する。

「いいですよ、こちらもそんなに人数は用意できませんから、俺達と斉藤くらいだよなぁ渡部」

悶絶から立ち直った渡部が返事をする。

「あっ、ああ……」

「三対三でどうです？」

佐藤はこの局面でも攻勢を強める。最早渡部には佐藤の企図するところが判らなくなっていた。いや、大して深く考えて行動していないのかもしれない。世話になった小沢の死の直後に知り合ったばかりの女性に合コンを切り出す辺り、深い思慮があるとは到底思えない。また何がしかの策謀かもしれないが、それはまだ杳《よう》として知れない。

「ですが……」

渚はこの手の会話に慣れていないらしい。先程までの勢いは何処へやら、佐藤に押され防戦一方である。

その時、天の助けの如く渚の携帯電話が鳴った。渚は再び立ち上がり、表に出ようとして、立ち止まって席に戻った。

「佐藤さん、渡部さん。実家の長の許可が下りました。小沢さんとのことを全てお話しします」

「そう来なくっちゃ」

佐藤はようやくといった雰囲気で聞き入る。

「先ずその前に、私の立場についてお話ししなくてはなりません。改めまして、私は水軍衆武庫島党の長を代々務めます村上家当主の娘、村上渚です」

意外な発言に佐藤も渡部も当惑する。二人にはこの後の展開がどうなるか想像もつかない。

「と、いうことは、貴方は水軍衆の姫君か？」

佐藤が問う。

「我が水軍は民主的な組織です。男女は関係ありません。従って私も大学卒業後は将来長を務めるべく本格的に修行に入ります」

渚は続ける。

「武庫島党は、嵯峨《さが》源氏渡邉党諸派の一門という伝承です。今までにも水軍研究を行っている多くの研究者の方々が私の郷里を訪れてきました。小沢さんに限らず、そういった方々に、この六十年余、あることをお願いしてきました」

「『お願い』？」

渡部が怪訝《けげん》そうに繰り返す。

「そうです。六十余年前奪われた宝物、我が里が八百年近く守り続けてきた宝物の行方《ゆくえ》についてです。それらしい物を発見したら連絡して欲しい……と」

「その宝物とは、何です？」

「剣です」

「剣……ってぇと宝剣って奴ですか？」

「ええ、源平合戦で我が先祖が入手して以来、六十余年前まで守り通りしてきた宝剣です」

源平合戦での宝剣と聞き、佐藤には一つの剣の名前が浮かび上がっていた。前後の流れから判断しても先ず間違いないだろう。だが、その名前は余りにも大きすぎる。たしか八百年前からあの宝剣は行方不明だ。一水軍の子孫が保管していたとは考え難い。保管場所に関しても諸説あるし、ホイホイと信用できない。

しかし、小沢が渚に連絡したということは、『それ』を発見したという何らかの確証があってのことだろう。自分と渚に連絡してきたのは、その裏付け調査等の目的のためと推測できる。

だが小沢は本当に『それ』を発見したのであろうか。その物証は恐らく今、高須研究室にあると思われる。

佐藤はしばし思案に耽《ふけ》る。手札は出揃った……どの役になるかはまだ判らない。だが、この話を進めるためには渡部の協力の下、少々『危ない橋』を渡る必要がある。

ここで佐藤の目の前に三つの選択肢が現れた。一つは、全てを聞かなかったことにしてこの場を立ち去ること。一つは、村上渚を信用せず、危険を冒さない範囲で独自調査を行うこと。最後は、村上渚に協力し、あらゆる人脈、知識を総動員して事態の真相に迫ること。これらの折衷《せっちゅう》的な案もない訳ではないが、主にこの三つに絞られるであろう。

それぞれの利点と欠点を端的に述べれば、一つ目は安全かつ平穏、だがはっきり言って面白くない。二つ目は、情報以外の事態が渚との会談前に戻るうえ、危険が未知数。調査も早晩行き詰まるだろう。三つ目は、事件に深入りすることと村上渚を信用すること、二重の危険を伴うことになる訳だが、最も端的に可及的速やかに事態（事件）の深淵に迫ることができる。そしてパラサイトシングルとして暇を持て余している佐藤に、これほど面白く魅力的な話はない。

だが、三つ目には重要な難関が控えていた。慎重かつ勤勉愚直な渡部の協力が不可欠であるという点である。それを解決せねば最後の選択肢はない。

脅して賺《すか》して……もとい熱意ある説得で渡部の協力を得た佐藤は、村上渚を伴い、「モノを見てから決める」の付帯条件つきで最後の選択肢を選択した。

事実上、一時的には渚に協力する結果となった訳だが、何故渡部が必要なのか？『モノを見て決める』と決めた佐藤本人と、依頼者であり手練と予測される渚はともかく、喧嘩慣れしていない渡部は緊急事態において明らかに足手まといになる。それでも、高須研究室の合鍵を持っているのが、この三人の中で渡部だけだからである。

それにもし他の研究員等大学関係者に侵入がバレた場合でも、現役大学生の渡部を伴っていれば、残り二人の研究室帯同も『渡部の一存』という平和的な形で処理できると考えたためである。

さて、高須研究室に侵入し、小沢講師が送ったであろう荷物を確認するのは、夜、全日制の学生が帰宅し、夜間部学生が講義を受けている時間が狙い目だ。それなら、大学施設の開放状態は昼間と変わらないが、開講講義が少なく構内にいる人間が最も減る時で、『人目についてはまずいこと』を試すにはもってこいである。

だが、佐藤はこの時間帯についても一応の警戒感を抱いていた。

夜間部の講義が始まったしばらく後、佐藤、渡部、渚の三名は行動を開始した。この日、夜間部の時間帯に高須教授の講義はあったものの、小沢講師の一件で教授が現地に向かったため休講で、留守の責任者で主任研究員の古賀講師も講義のため、高須研究室は空のはずである。

平然と学生の様な振りをして研究棟に入った三人は、高須研究室のある階に到着した。そそくさと研究室の扉の前に到着する。案の定、鍵がかかっている。渡部の出番だ。合鍵で鍵を開け、入室する。灯《あか》りを点《つ》けようとした渡部を佐藤が制する。

「やめろ、人がいることがバレる」

「だったらどうやって探すんだ?」

その問いに、佐藤は鞄《かばん》から懐中電灯を取り出し点灯させた。なんと昼間のうちに近所の百円ショップで人数分の懐中電灯を購入していたのだ。

「残念ながらこれ(懐中電灯)の他にない。……渚さん、貴方はこの部屋に不慣れだからその辺(照明のスイッチの側)にいて下さい。渡部は部屋の鍵を閉めろ……万が一ということもある。物音には注意しろ、この部屋には誰もいないはずなのだからな」

二人は言われた通りに動く。この部屋(高須研究室)に慣れていて、こういった仕事にも経験値の高い佐藤が自然と指揮官となっていく……当然の成り行きである。

佐藤と渡部はこの部屋には足繁く出入りしているが、暗闇となると勝手が違う。だが、全く初めて入室する渚よりはマシだ。

佐藤は念には念を入れ、窓のブラインドも下ろす。懐中電灯の光の漏れすら避けるためだ。

捜索は数十分間に及んだ。しかし一向に見つからない。やはり速度重視で灯りをつけた方がよかっただろうか。……そうだ、今からでも遅くない、灯りを! と思った刹那《せつな》、ゴトンと何かが何かにぶつかる音がした。続いて何かが倒れるガシャンという音。「静かに!」と言おうとした瞬間、渡部が声を上げた。

「あったぞ、これだ」

そう言った渡部の手には、細長い、梱包《こんぽう》された何かが抱えられている。

その姿に佐藤と渚が一斉に懐中電灯の光を浴びせた。

渚より一歩早く佐藤が渡部に駆け寄り、宛名書き等に更に懐中電灯の光を集中させて判読を試みる。見慣れた小沢の筆跡、依頼人の名、そして渚から聞いていた物体の形状、間違いない。小沢が研究室に送ると言っていた荷物だ。

ようやく不便な暗所の中、目的の荷物を探り当てた。佐藤は渡部に懐中電灯を渡し、全体を照らす様に渡部と渚に指示を出すと、これまた先程購入したカッターナイフを取り出して荷物の開封を開始した。

「おい、開けるのか?」

渡部がびっくりした表情を浮かべた。

「そうしなきゃ中身が何だか判らないだろう」

佐藤は作業を進める。懐中電灯やカッターナイフとともにガムテープも購入していた様だから、恐らく確認後、元に戻す隠蔽《いんぺい》工作を行う気だろう。開け口も最小限にする気の模様だ。

程なく開封が終わり、最低限開封された包装紙が打ち捨てられた。そしてその中から細長い木箱が出てきた。特に何も書いていない様子だが、包装紙と木箱の間から茶封筒に入った小沢直筆の手紙が出てきた。その内容は、高須教授にこの品の――つまり剣の科学分析を依頼するもので、詳しい調査結果は追って報告するとのことだった。やはり中身は、渚の目指す物かは別にして、剣の様だ。ここまでの段階で、渡部が倒したので、中身が金属製であることは推定できている。さてそれは一体どういった物なのだろうか。……いよいよ箱の蓋《ふた》に手が掛かる。佐藤は静かに蓋を開けた。

遂に三人の前に、小沢を興奮させ、継続調査を決意させた剣が姿を現した。

その姿は実に奇妙なモノだった。全長は九十センチ程度、色は白く、形状は何というか菖蒲《しょうぶ》の様な形をしている。とにかく言葉では表現し難い形だ。

「これが、草薙剣《くさなぎのけん》……」

渚が呟いた。

「何だって!!」

渡部が素早く反応する。

「あの、壇ノ浦で行方不明になったという草薙剣か!!」

「ええ……壇ノ浦以来、渡邉党が義経公《よしつねこう》の命により保管し、それを武庫島党が引き継いで八百年になります。……ですが六十余年前以来行方不明になっていたので、私も見るのは初めてです」

「まさかそんな……」

佐藤が絶句する。渚の語る話が本当ならば、日本史を大きく変える話である。

だが、日本史の朝廷（皇室）関連の部分は宮内庁（省）の妨害も多く、明治以降の近代史学では謎が多いのも事実だ。

そのうえ、この眼前の草薙剣と呼ばれたモノにも疑問は多々あり、先ず誰でもが持つ感想として……草薙剣の正確な制作年代は不明だが、壇ノ浦合戦から少なくとも八百年は経過しているのに綺麗すぎるのだ。さらに何故、源氏は草薙剣を奪還していながら速やかに朝廷に返却しなかったのか？　そもそも草薙剣には熱田《あつた》神宮での保管説もあり、眼前にある物が草薙剣である場合、壇ノ浦海没説の俗説が正しい、ということになる。

小沢はベテランの研究者だ。送られてきてはいないが、発送元の旧家にはそれを裏付ける何かしらの物証があるに違いない。それが一体何なのか、そもそもその旧家はどうやって武庫島党が行方不明にした剣を入手したのか……疑問の種は尽きない。

あらゆる憶測、想像、妄想が頭を駆け巡る。そんな中、渚が口を開いた。

「写真を撮ってもいいですか？」

「いいですよ、ネットとかにバラ撒《ま》かないで下さいよ」

が、それが終わるか終わらないかのところで佐藤の疑問も渚の撮影も中断された。

眼前の物体に集中していた局面に於いても手練の二人は迫り来る不審な気配を察知していた。

今度は、佐藤と渚が同時に動いた。佐藤は剣と梱包材を引ったくり、研究室の奥の教授室の扉を目指す。部屋に不得手な渚もそれに続く。刹那、研究室の扉のノブが回る。念のため施錠してあったので開かない。続いて扉の基部からガリガリという音がし始めた。

ようやく事態の異常を把握した渡部も佐藤に続く。

佐藤は静かに教授室の扉を開ける。それを追い、渚、渡部の順で教授室に駆け込む。それを確認した佐藤は自らも教授室に入り、扉を閉めた。

程なくガリガリという音が収まり、研究室の扉が開かれた。そして、廊下の照明に二つの人影が照らし出される。

人影はズカズカと無節操に部屋へ踏み込んで来た。人影の一つが部屋の灯りを点けた。

闇は払われ、眩《まばゆ》いばかりの光の下に雑然とした研究室内が照らし出された。二つの人影も例外なく白日の下に晒《さら》され、それが背広姿の二人の男であることが判った。

男達は辺りを見回す。うなずくと研究室内の物色を開始した。

教授室に逃げ込んだ三人はその様子を観ていた。

「どうだ？　見憶えのある顔か？」

佐藤が渡部に小声で問う。

「いや、少なくとも研究室の関係者じゃない」

「……じゃあ、不審者か」

「人のこと言える立場か？」

「渚さんのお知り合い？」

渡部の言を無視して佐藤は渚に水を向ける。

「……知りません」

渚は小声だが、判然と答えた。

「不審者、決定だな……」

長い付き合いの渡部は佐藤の顔つきが変化するのを見逃さなかった。それは絶えず目まで笑っているいつもの腑《ふ》抜《ぬ》けた表情ではなく、ギラギラとした戦意を剥《む》き出しにした妖気を放つ様な、渡部が見たこともない表情だった。

渡部のこの手の勘は鋭い。素早く佐藤の意図を察知した。

「おい、やめろ。研究室内での荒事は……」

「このままここにいても早晩鉢合わせだ。丁度いい、奴らには研究室荒らしの主犯になってもらおう……」

「しかし」

最早佐藤は渡部の制止を聞かない。

かった。

「大丈夫、大した奴らじゃない」

そう言って佐藤は先刻掴《つか》んだ梱包材を渡部に投げ渡した。そこからの動きが素早かった。

神速の如き速度で教授室の扉を開け放った佐藤は、研究室に侵入して来た背広姿の男の一人に向かった。そしてその推力のまま、顎《あご》付近に一撃を見舞った。

渡部の位置からは外れた様に見えたが、実際は顎を掠《かす》っていた。音もなく背広姿の男が崩れ落ちる。人間は、顎付近に衝撃を受けると、意識を失うことはないが、頭蓋《ずがい》骨《こつ》内の髄液《ずいえき》に浮く脳髄が揺れて行動不能に陥るのだ。佐藤の攻撃はそれを利用した、非殺傷で敵の戦闘力を奪う一撃だった。

それを喰らった背広姿の男が倒されるのを目の当《ま》たりにしたもう一人の背広姿の男は、すぐさま身構えた。

「貴様！　……」

何かを言おうとした様だが、それは体勢を入れ替えた佐藤の飛び蹴りが腹部に炸裂し中断された。そして背後の本棚に腰部から激突した。本棚に限界以上に詰め込まれた資料が飛び出し、男はその中に埋もれた。

そう、全てが瞬時の出来事だった。佐藤は一瞬にして二人の侵入者を撃破してしまったのだ。

その一部始終を渡部は見ていたが、何が起きたのか理解するのに若干の時間を要した。

全てが終わった時、佐藤が飛び出して開け放たれた扉の前には、先程佐藤から投げ渡された梱包材を抱えた渡部と渚が立ち尽くしていた。

佐藤の目はまだ殺気立ち、戦闘状態が解除されていないことを物語っていた。最初に一撃を喰らった男はすぐさま立ち上がろうとするが思うに任せず、腹部に飛び蹴りを喰らった男は、資料の中で呻き声を上げている。

それを見届けた佐藤は大きく息を吐いた。

「佐藤さん！」

渚が声を掛ける。

「おう、もう大丈夫だぞ」

佐藤の表情からは、険しさは消えようとしていた。

「本当にやっちまったのか？」

渡部が問う。

「だから大丈夫だって言ったろう……殺してないよ、おっ！」

やおら佐藤が足元に視線を落とす。

「特殊警棒か……。こんな物まで持ち込んでの押し込みとはな……。こいつら……」

その時突然ベルが鳴った。講義の終了を知らせるベルだ。それは主任研究員の古賀が高須研究室に戻って来る合図でもある。

「おい、ヤバイ、逃げるぞ」

佐藤は二人に手で合図を送る。

「渡部、それは捨てて行け」

しばしの困惑の後、それが先程投げ渡された梱包材を指していることに気づいた渡部は、それを捨てた。

佐藤は素早く辺りを見回し、忘れ物がないかチェックする。万が一あったとしても、たまに研究室に出入りしている佐藤や研究室所属の渡部の持ち物ならどうとでも言い訳が通るが、渚の持ち物ならばそうは行かない。

「何も残すなよ、確認しろ、急げ!!」

佐藤の表情には明らかに先程とは違う焦燥感が見て取れた。

その言葉に渡部と渚も素早く辺りを見回す。

「大丈夫だ」

「大丈夫です」

二人のその言葉を聞き、佐藤は研究室の出口に向かった。二人もそれに続く。慌てて三人は研究室を後にする。

後には、立ち上がることすらままならぬ男と、資料の中で呻き声を上げる男の二人の侵入者……そして、小沢の送った剣の梱包材が残されていた。


それから二十分後、佐藤、渡部、渚の三人は夜の喫茶店にいた。

「いや～久し振りだったが、結構動けるもんだな」

佐藤がケタケタと笑いながら言う。先程の戦意剥き出しの表情とも研究室を出た時の焦燥感に満ちた表情とも違う、普段以上に腑抜けた表情を見せていた。

「佐藤さんって、意外にお強いんですね！」

渚は、何も気づかない様な風で、それに合わせている。

「意外っていうのはひどいな、俺の行った高校じゃこのくらいは……」

大学四年間（もう五年目か）、毎日の様に佐藤が渡部に聞かせてきた、何処まで本当か定かではない高校時代の武勇伝。今佐藤は、それとほぼ同じモノを渚に語って聞かせている。

そんな会話の中、渡部のみが沈黙していた。

鍵を渡されていたというだけで、佐藤の興味本位の研究室侵入、そして後続侵入者の撃破と、渡部はこれまでの平凡な人生にない数々の体験をした。

「あの当時は、こんな喧嘩沙汰なんて日常茶飯事でさ……」

先程の鋭い表情は何処へやら、いつも以上に意気軒昂で饒舌《じょうぜつ》に語る佐藤。

何も気づかない様な雰囲気でそれに合わせる渚。

この二人の常識は、渡部はもとより、現代日本人の常識を大きく逸脱しているように思われる。だが、この場において渡部は圧倒的少数派であり、今してきたことを思い返し沈黙を続けていた。いやそれ以上に、渡部は重大な失策を犯してそのことを言い出せずにいたのだった。

これまで佐藤の武勇伝は話半分に聞いてきたが、今日の侵入者を撃破した腕前を見るとあながち嘘ではなく、多少の誇張や歪曲《わいきょく》はあったかも知れないがその大部分において事実を語ってきたようだ。つまり自分は、凄いと言うか、かなり荒仕事に慣れたこの人物と四年間を共にしてきたのだ。そう思うと少し怖くなってきた。

それとは別に、自分の犯した失策を知った時にこの二人がどういう行動に出るかと考えるだに恐ろしかった。

「よ～渡部、随分静かじゃないか」

いつも以上に軽い調子で佐藤が話しかけてくる。だが渡部は生返事しかできなかった。

武勇伝を熱心に語っていて気づかなかったが、ようやく佐藤もその異変に気づいた。

「どうしたんだ？　何処か怪我でもしたのか？」

「いや、そういう訳じゃ……」

無駄に感覚の鋭い佐藤のことだから、気づくのは時間の問題だろう。

「渡部さん、どうしたんですか?」

渚も疑問に思い始めている様だった。

最早バレるのは時間の問題である……。いっそ自白したいが決心がつかない。

「なんだよ、なんにも言わないんじゃ判らないだろう」

佐藤が、にじり寄る。かえって見つけて欲しいと願う。

佐藤も外見に反してまだ興奮の坩堝《るつぼ》にいるのか、普段なら当然気づいているはずだった。

このまま場を引き伸ばしても、いつかはこの二人にこのことは知れる……。渡部は意を決した。

「……実は、すまん」

そう言って、それまで机の影に隠していた右手を、握りしめた物ごと机の上に出した。

「持って来ちまった………」

「………!!」

その場が凍りついた。

「お前、それ……」

佐藤が絶句する。


三人が喫茶店でそれぞれの思いを抱えていた頃、高須研究室では、開け放たれた扉、散乱する資料、梱包材等を、講義から帰って来た古賀主任研究員が目の当たりにしていた。直ちに研究棟の警備員が呼ばれて、警察へ通報するや否《いな》やの議論が始まっていた。

状況から盗難事件の可能性があったため、警察への通報がされることとなった。

しかし、佐藤が撃破したはずの侵入者二人の姿は何処にもなかった。


その頃、大学近くの住宅街の路地を二人の背広姿の男が歩いていた。一人は意識が朦朧《もうろう》として足も覚束《おぼつか》ず、もう一人は足取りはしっかりしていたものの苦痛に顔を歪めながらもう一人に肩を貸し、ひたすら自分達が路上駐車した車を目指していた。一見すると帰宅を急ぐ泥酔者にも見える。

「……大丈夫か……もう少しだ……」

肩を貸す男が、引き摺《ず》る様にして連れる男に声を掛ける。だが、その声は掠れて弱々しく、顔は苦痛に歪み、額からは脂汗《あぶらあせ》が滴《したた》り落ちている。無論相棒の心配もしているだろうが、同時に自らに対する督戦《とくせん》であることも言うまでもない。

程なく二人は自らが路駐した車へと到着した。肩を貸していた男は、助手席に相棒を押し込み、自らは這う様に運転席に滑り込んだ。

「大丈夫か……」

しばらくして助手席の男が答えを返す。

「ああ何とか……そっちは？」

「肋《あばら》を破られたらしい……運転はできる……」

「そうか……総裁に連絡せねば……」

「いや、今はここを離れることが先決だ。警棒も落としてきたし、警察を呼ばれて検問にでも引っかかると厄介だ……」

そう言って、運転席の男がエンジンを掛ける。車は、運転者の状況を表すかの如くヨロヨロと発進する。

「判った……連絡は俺が適当な時にやる。とりあえず事故るなよ、検問より厄介だ」

「了解……」

こうして、佐藤に撃破された二人の侵入者は闇へと消えて行った。

渡部の手に握られていたのは、剣だった――。

長さは九十センチ程度、白く菖蒲の様な形をしている。紛《まぎ》れもなく、小沢が、かの旧家に発《た》つ前、同行を要請してきた際に見せた写真の剣だ。灯りの消えた研究室の中ではその存在しか確認できなかったが、間違いなく写真の剣だった。小沢が殺される前に科学分析のため、剣を大学に送っていたことが判明した瞬間だった。そして、渡部が過失とは言えそれを持ち出したことにより、渚は元より佐藤、渡部の二人が、これから剣が巻き起こすであろう諸般のゴタゴタに巻き込まれることが決定した瞬間でもあった。


ここからは、佐藤に撃破された一人目の男が、逃走する車中の助手席から、自らが「総裁」と呼んだ男との会話。

『馬鹿者、貴様等はこの程度の仕事もできんのか!!』

電話の声が車中に漏れるほどの大声で響く。

「申し訳ありません……総裁……探索中に予期せぬ遭遇戦が……」

『それはもう聞いた！　で、剣の所在は！』

電話の声は、問う。

「それが、突然のことで……我々も現場を脱出するのが精一杯で……」

通話中の助手席の男は、必死に言い訳する。

『使えん奴らめ！　貴様ら、ただで済むと思うなよ！』

電話の声は益々怒りに満ちていく。

「総裁、いま一度、機会を……」

助手席の男は総裁に懇願する。

しばしの静寂の後、再び電話の声が響く。

『あの大学と付近に精通しているのは貴様らだけだからな……宜《よろ》しい、再び機会を与えよう』

「ありがとうございます」

総裁の勘気《かんき》も若干解けた様だ。

『いいか、我々は既に神事のために行動を開始している。一時も早く剣を手に入れるのだ！』

「承知しております……では」

助手席の男は電話を切った。そして佐藤から飛び蹴りを喰らった運転席の男を見て、問う。

「どうだ？」

「大丈夫だ。非常線は張られていない……」

男は脂汗を垂らしながら運転している。

「違うよ、身体の方だ。俺の方は脳震盪《のうしんとう》だったらしい……もう大丈夫だ。適当なところで運転を代わろう……」

「すまん……だが、奴は一体何者だ」

運転席の男が呟く。

「判らん……俺はあの大学の夜間部に六年間いるが、あんな暴力的な奴は、知らん」

「……他の誰かが送り込んだ手勢かも知れん。とにかくあんなのに彷徨《うろつ》かれては手出しできない……」

運転席の男は、苦痛を堪《こら》えながら途切れ途切れに喋る。

「総裁に再びの機会は頂いたが、彼奴《きゃつ》を先ず何とかせねばならん」

と、助手席の男。どうやら脳震盪から完全に立ち直りつつある模様だ。

「そうだな……あの身の熟《こな》し、只者ではない……」

そう言うと、運転席の男は、車を道路の端に寄せて停車した。

「すまん……限界だ」

「代わろう。手を貸せ」

そう言って運転席の男の手を取り、運転席から引き摺る様に出す。運転席の男は、噛み殺した様なくぐもった悲鳴を上げた。

「大丈夫か！」

「大丈夫だ……」

運転席の男が掠れた声で答える。息も絶え絶えだ。

助手席の男は、運転席の男に肩を貸し、助手席に座らせドアを閉めた。

「ありがとう……」

「もう大丈夫だな、そろそろ病院を探そう」

助手席の男は運転席に着き、ドアを閉めて車を発進させた。車は闇に消えて行った。

渡部の爆弾告白からどれくらいの時が経ったであろうか。佐藤と渚、加えて渡部の席は沈黙が支配していた。

しかし佐藤は突如その沈黙を破った。

「……なるほど、大きさは判らなかったが、これは間違いなく小沢さんが現地に行く前に見せてくれた写真の剣だな」

的外れではない、だが何処か観点のズレた論調だ。佐藤はやおらその剣を手に取り、続けた。

「これが渚の言う宝剣なら『草薙剣』って訳か、意外に安っぽくて軽いな」

遂に佐藤はその名を口にした。

「どうしよう佐藤……」

渡部が弱々しく言う。

「『どうしよう』って、どうしようかねぇ……。今頃研究室は大騒ぎだろうし。先刻サイレンも聞こえたし、多分警察も呼ばれただろうし。古賀さんが、この荷物が届いていたことに気づいていなければいいんだが。ほとぼりが冷めた頃に戻しゃあなぁ……」

佐藤が具体的なのか無責任なのか判らない論を展開する。

「古賀さんが知っていたら?」

「その可能性は低いだろう。知ってたら、とっくに警察に提出しているだろうし……。まぁ様子見だ。渡部、おまえしばらく預かってろや」

佐藤の案はそれしかない様にも思えたが、この意見に対し猛然と渡部が反論する。

「貴様はまた俺を留年させたいのか！　こんな厄介なモノ抱えて、ロクな卒論が書けるか！」

「まあまあそう怒るな。だが、どうしたものかな……」

佐藤が思案する。

渚も沈黙する。一族が六十年探し求めてきた宝剣だ。喉から手が出るほど手にしたいに違いない。だが、その宝剣は、一撃《あ》で不審者を撃破した佐藤が持っている。容易に奪い取れないことは明白だ。だから敢えて動かないのであろう。

しばしの思案の後、佐藤は口を開いた。

「判った。俺が預かろう。……おまえじゃ不安だしな」

「佐藤……」

「今日俺が倒した連中は、小沢さんを殺《や》った連中の一派かも知れん。いや、その可能性が高い」

渡部がびっくりした表情を浮かべる。

「佐藤さん……」

渚も口を開く。

「連中が俺達の正体に気づけば、何らかの動きがあるはずだ。多分小沢さんが殺された旧家に剣がなかったんで慌てたんだろう……連中は動くさ」

「佐藤、おまえ一人で大丈夫か？」

渡部が問う。

「『敵は幾万ありとても』さ、あの程度、幾ら来ても恐るに足らん。それにイザとなりゃあ……」

と、言って佐藤は渚の方を見た。渚が佐藤の見立て通りの手練なら、多少は頼りにはなるだろう。

「この剣（件）は、とりあえず俺が預かる。いいな」

その一言に一同同意した。

「それから全員、なるべく一人になるな、奴らがどんな手を打ってくるか判らん」

佐藤は出し抜けに話題を変えた。

「ところで渚さん。連絡先の交換をしませんか？　それから合コンについてもご検討願えませんか?」

この男（佐藤）はこの危機的状況を本当に理解しているのだろうか。

「それはその……ええ何とか友人に声を掛けてみます」

あいかわらず渚はシドロモドロだが、剣を欲する故《ゆえ》か、佐藤の誘いには以前より前向きである。

「頼むよ、こちらはもう面子《メンツ》は揃っているんだ」

「判りました」

「くれぐれも二人とも身辺には注意しろよ、今日はこの辺でお開きにしよう」

こうして、この日は佐藤主導の強引な裁定で解散となった。

それから二週間は、平穏な日々が流れた。この間、佐藤と渚は頻繁にそれぞれの思惑から会合を繰り返していた。佐藤は渚他との合コン狙い、渚は草薙剣と思《おぼ》しき宝剣を手中に収めている佐藤を監視し、あわよくば宝剣を譲り受けようと……。

共有した時間は長かっただろう。しかし、互いにその心底を明かさぬ腹の探り合い……まるで冷戦中の永世中立国で接触する東西の間諜《かんちょう》の様だった。

渡部はと言えば、渚が佐藤を引きつけているので、これまでにない効率で卒論執筆をこなしていた。そして、その他の人々にも日常が戻ったかに見えた。

だが、その仮初《かりそめ》の日常に存在する深い闇に最も近づいていたであろう小沢の姿はなかった。

佐藤や渡部、斉藤にとって、小沢の不在は大きな事態だったかもしれない。しかし社会的、いや大学レベルに於いても彼の不在は大した問題ではなかった様だ。彼の死から二週間、彼が担当していた講義が課題による単位認定となるか、代用の講師を立てるのかはまだ未定で、大学学部内で協議中の模様だが、高須研究室の運営は滞りなく行われていた。

そして、今日も平穏な日々は続く。彼らを今の一般日本人が到底体験し得ない火蓮《かれん》渦中《かちゅう》に巻き込もうとする渦は、着実に彼らに近づいていた。

ここは大学のある建物の屋上、一人の男が煙草を飲んでいる。比製葉巻カクテルのドライ・マティーニ。紙巻煙草大国の日本で、外国製、しかも葉巻の愛飲者は珍しい。それが原因で特定されるかもしれないとも思ったが、今更変える方が目立つと思い、今もその危険を犯している。ふと時計に目を遣る。どうやら待ち合わせの人物は少し遅れている様だ。

程なく屋上に一人の人物が現れた。男はブリーフケースを持っている。

「すみません佐藤さん。講義が長引きまして……」

佐藤の高須研究室の後輩、斉藤だ。

「講義か……浪人生には無縁なモノだな」

「……」

斉藤は返す言葉がない。

「で、首尾は？」

「はい、小沢さんが使っていた机からこんなモノが……」

斉藤がブリーフケースから一通の封書を取り出した。中には便箋《びんせん》が入っていた。

佐藤は、やおら便箋を出して、サッと目を通した。

「斉藤、これを持ち出すのを……」

「佐藤さん、信用して下さいよ。大丈夫ですよ」

佐藤は、研究室に侵入して、別の侵入者とかち合ったあの夜の後、現役学生で自由に研究室に出入りでき、小沢の使っていた机を物色できる斉藤に頼み、宝剣に纏《まつ》わる手掛かりがないかと、極秘に調査していた。

「それよりも、佐藤さんお願いしますよ、今度のゲームの助っ人」

佐藤が、斉藤を使う代わりに負った代償がこれだった。

「ああ、これなら十分だ。ありがとう」

「じゃあ、決まったら連絡しますから」

「判った」

斉藤は、そう言って去ろうとした。

その時突然佐藤の携帯電話が鳴った。メールの着信だ。慌てて携帯を取り出し、文面を確認する。そして、斉藤を呼び止めた。

「斉藤、今度の金曜の夜、暇か？」

突然の佐藤の問いに一瞬戸惑ったが、斉藤はすぐに答えた。

「大丈夫ですが、何か？」

「もう一つ付き合って欲しいことができた」

「何です？」

佐藤の言に斉藤が問う。

「合コンだ。頭数合わせに参加してくれないか？」

金曜日の夕方、大学近くの繁華街の、とあるカラオケボックス。そこには既に佐藤、渡部、斉藤の三人が揃っていた。

扉が開いた。そして、渚を先頭に三人の女性が入って来た。続く女性は、渚より少し大人びて見えるが、渚同様美少女だった。

さて、女性陣が席に着き、いよいよ佐藤、渡部、斉藤にとって人生初の合コンが始まった。

先ずは、自己紹介から。渚と、他の二人は咲《さき》、遥《はるか》と名乗った。

女性陣も合コン経験は浅い様だが、時とともにそれなりに盛り上がった。だが、佐藤は不得手な環境でも、三人の女性陣の尋常ならざる身の熟しを見逃さなかった。渚の手練振りにはとっくに気づいていたが、連れて来た二人も只者ではなさそうだ。斉藤は違和感程度に気づいているらしい。渡部は、と言えばそんな素振りは全くない。恐らく心底その気配に気づいていないのだろう。

そんな時間もアッという間……カラオケボックスの使用終了時間が来てしまった。佐藤、渚はそれぞれ情報を引き出したいという思惑もあって二次会を主張した。この頃になると、三対三なので、それなりにペアができていた。

カラオケボックスを出た一行は、次の会場を探し繁華街を歩いていた。

それは突然に起こった。突如一団の進路が乗用車により塞《ふさ》がれた。一行は、それを避ける様に繁華街横の路地に入った。いや、追い込まれたと言った方が正しいだろう。

するると、進路に一つの一団が立ち塞がった。手に手に鉄パイプ、金属バット、特殊警棒を携え、十人ばかりいるだろうか。その中央には背広姿の男が立っていた。

男は、数歩前に歩み出た。

「この間は、研究室で一方的にお世話になったね、相棒は肋二本折れていたよ、佐藤くん」

背広の男は続ける。

「研究室のＯＢだったとは……見つからない訳だ」

「そういう筋《すじ》から探すもんだろう、オッサンよぅ」

佐藤が悪態をつく。

「フン。まあいい、出すモノを出してもらおうか」

背広の男が言う。

「何の話だ？　おまえさんとは二度目だが、借りてるモノは何もないよ」

佐藤が惚《とぼ》けてみせる。

「研究室にはない。貴様らの誰かが持っていることは先刻承知だ！」

「ふーん、そこまでは調べられた訳だ。よくできました」

佐藤がニヤッと笑ってみせる。

「込み入った話は済んだか？　そろそろいいか？」

佐藤と背広姿の男の会話に、どうにも無頼漢《ぶらいかん》といったガラの悪そうな男が割って入る。

「そうだな、やってくれ！」

「お聞きの通りだ。殺《や》っちまえ！」

無頼漢の頭目と思しき男の号令一下、二人の男が、鉄パイプと金属バットを振り上げ、佐藤と渚に襲いかかってきた。

佐藤は反射的に身構えた。だがすぐに直感した――

（遅い！　やれる！）

その刹那、鉄パイプと金属バットが舗装された地面に落下する音がした。正面で起きた事態に、後方まで注意が行っていなかった。

気がつけば咲と遥が佐藤と渚の前に出ていた。

「渚様」

「この程度の連中、我々だけで十分です。お下がり下さい！」

遥が叫ぶ。

「野郎、抜かしやがったな！　畳《たた》んじまえ！」

誰が言ったか、無頼漢の一部が二人に襲いかかってきた。二人は、その攻撃を巧みに躱《かわ》し、次々に捩《ね》じ伏せていく。

その光景に、背広の男も残りの者どももたじろぐ。

「と、言っているので、渚さん、ここは任せていいかな？」

腑抜けた口調で佐藤が言う。

「斉藤、自分のことは何とかしろ、俺は渡部を守らにゃならん」

「ええ……ここは、我々が」

「じゃ、宜しく」

と、言って佐藤は数歩下がり、渡部に近づく。

三人の美女は、背広姿の男が率いる無頼漢どもの方に近づく。

無頼漢どもは、悲鳴の様な叫び声を上げながら三人に襲い掛かる。だが、その動きは、三人に比して手練というには余りにも程遠い。どうせその辺の繁華街のならず者を掻き集めただけの集団だろう。

無頼漢どもが振り降ろす鉄パイプ、金属バット、特殊警棒が空を切る。

三人は、暗所にも拘らずそれをすんでのところで躱しながら、次々に連中を捩じ伏せていく。合気道に似た武術の様だが若干違い、それに比して動きが小さく打撃力が上回っている様に見える。

「やれやれ、思った通りだ。あの三人とは喧嘩したくないなぁ」

そう言いながら、佐藤は葉巻を咥《くわ》えて懐《ふところ》からライターを探す。

しばし現場は悲鳴と怒号が飛び交っていた。それを佐藤は当然と言った表情で、渡部は凍りついた表情で、斉藤は呆気《あっけ》に取られた表情で見守っている。

大分、悲鳴や怒号が減ってきた。大した相手ではないが、想像以上に数が多い。渚達でも時間がかかっている。

「うわっ」

その時、背後から大きな声がした。見れば、最初に道を塞いだ車から一人の男が出て来て、渡部を背後から襲って来ていた。だが、この程度は想定の範囲。佐藤は冷静にその男の手を掴み、捻り上げた。悲鳴が路地にこだまする。

「オッサン、怪我してるんだろう？　無理すんなって」

そう言って佐藤は男の顔面に一撃を喰らわせた。男は、声もなく崩れ落ちる。

刹那、号笛の音が鳴り響いた。

『貴様ら、何をしているかー！』

どこからともなく怒号が飛んで来た。喧嘩慣れした佐藤は素早く事態を直感した。

「渚、やめろ！　警察だ!!　逃げるぞ」

佐藤はそう言いながら、先程顔面に一撃を喰らわせた男を踏むか蹴飛ばすかして、大通りに戻った。恐らく近隣の誰かが警察に通報したのだろう。無論、凶器を準備のうえ、襲ってきたのはあちらだが、手元に剣がある以上、後々面倒は避けたい。

「斉藤、渡部を助けろ、駅まで走れ！」

素早く対応した後、無頼漢と渚達三人が交戦していた路地を一度だけ振り返った。無頼漢も背広の男も三人も、蜘蛛《くも》の子を散らす様に闇に消えて行く。最早誰が誰だかの見分けはつかなかった。


その後は、全てが必死だった。……ここまで言い忘れていたが、渡部は百七十センチ、百二十キロの巨漢で、何しろ脚が遅い。斉藤は日頃のサバイバルゲーム（サバゲー）の成果か遅れない。程なく遅れだした渡部の両脇を二人で抱えて、必死に何とか駅の構内まで辿り着いた。

さしもの佐藤も過荷重での全力疾走で青息吐息、斉藤も似た様な状態、渡部に至っては半死半生といったところだ。直ちに別々の電車に乗ってこの地を離れたかったが、渡部の状態ではそれも叶わない。渡部が先程の連中か警察に拘束されては、逃げた意味がなくなる。やむなく泥酔者の集団を装い駅の反対側のファミレスに入った。ここで終電まで渡部を休ませてそれぞれ帰宅するのが最善の策である様に思われた。

少し息が落ち着いてくると、斉藤が口を開いた。

「佐藤さん……一体、先刻の連中は？　それにあの女の子達は何者です？」

佐藤も息を整えながら答える。

「ちょっと俺も恨みをかっている連中がいてね。そいつらが挨拶に来ただけだよ。渚達は……そうだな、そのうち話すよ。面倒なことに巻き込んじまったかもしれない。埋め合わせはするよ」

「本当ですか?」

「とりあえず次のサバゲーには付き合うよ。今はそれで勘弁してくれ」

「本当ですよ」

表ではサイレンの音が鳴り響いている。事が大事と知れて、警察が動き出した様だ。

ふと、佐藤は自らの拳《こぶし》に目を遣る。血が滴っている。

「ちぇ……脳味噌《のうみそ》にも脂肪はつくらしいな」

佐藤が不満そうな表情を浮かべる。

「えっ?」

「顔を殴って相手の歯で手を切るとは、下の下だ。俺も少しは考えなくちゃ」

そう言いながら佐藤は血を紙ナプキンで拭《ぬぐ》いつつ、葉巻を咥える。

「渚さん達、大丈夫でしょうか」

斉藤が不安そうに問う。

「あの程度の騒ぎで捕まる連中に見えたか? 大丈夫だよ。多分」

佐藤は、懐からライターを取り出し葉巻に火をつける。続いて携帯電話を取り出した。

「まっ、とりあえず連絡だけは取っておくか」

そう言って携帯を操作し、渚にメールを送った。

「二次会はパァになっちまったな。どうだ？　斉藤、人生初の合コンは？」

佐藤は出し抜けに話題を変えた。

「好みの娘《こ》はいたか？」

佐藤は斉藤に質問を投げ掛ける。

「いや、好みと言われましても……あの（合コン）の後にあれ（乱闘）を見せられてしまいましては」

「はは、それもそうだな。だけど仕草で判ったろう。合コン中から、連中が只者じゃないって」

「それはそうですが、あそこまでとは……」

確かに、あそこまで腕の立つ連中だとは思わなかった。乱闘を見た感じでは、咲と遥は、渚か、それ以上の手練だった。恐らく渚の進学上京に際して、里がつけた護衛なのだろう。とにかく現有戦力を考えれば、渚達武庫島党は敵に回すべきではない。いっそ剣を渡そうかとも一瞬考えたが、まだだと佐藤は思い直した。それは、斉藤の探してきた小沢の手紙にあった遺命にそぐわない。あくまでも渚達には研究が終わるまで待ってもらう他ない。その点では、非合法手段に訴える背広姿の男達とてかわりない。それが学者として、いや、学問を志す者として譲れぬ一分《いちぶん》である。

結局この日の喧嘩騒動では、佐藤達大学関係者に捜査の目は向かず、渚達三人に撃破されて逃げ遅れた無頼漢数名と、佐藤が顔面に一撃を喰らわせた男が病院送りになっただけで、双方の思惑が公安当局に露呈することはなかった。

だが、とにかく我々が次の行動を起こすには、まだ全力疾走で青息吐息の渡部の回復を待たねばならない。そしてここにいる全員が無事帰宅する、先ずはそこからである。

四章　誘拐

そして翌日の午後三時。佐藤と渚は大学の敷地にへばりついた喫茶店の喫煙席で対峙《たいじ》していた。佐藤は既に葉巻数本を飲んだ後らしく、灰皿には吸殻があった。

会談は先ずお互いの無事を確認し合った後、昨日襲撃してきた無頼漢の正体に及んだ。

「渚さん、何か心当たりはありませんか？」

最初に佐藤が話を切り出す。

「ええ、私も考えてみたものの、武庫島党と仲の良い組織ばかりではありませんが、あれほどの荒仕事をしてくる連中に心当たりはありません」

渚もこの質問は想定の範囲内だったらしく即答した。

「ではこれはどうです？　昨日の連中が落としていった物なのですが」

そう言って佐藤は、懐からピンバッチの様な物を取り出し机の上に置く。

渚はそれを手に取り、しばらく眺めた後、こう言った。

「見たことありません」

「そうですか……」

「里に照会してみれば何か判るかも知れません。写メで送っていいですか？」

渚は佐藤に問う。

「いいですよ。相手の正体が判らない五里霧中ですからね。その代わり何か判ったらすぐに教えて下さいよ」

「判りました」

とにかく情報が欲しい、ただその一心だった。

「今、一つ判っているのは、研究室で鉢合わせした連中と、今回街の無頼漢を集めて襲ってきた連中は同じでしょう……」

佐藤は紅茶を飲み、続ける。

「まだ偶然の押し込み強盗の線も消えませんが、多分小沢さん達を旧家で襲った連中もその仲間か雇われた連中でしょう」

この時佐藤は根拠を示さなかった。根拠は斉藤が研究室で発見した小沢の手紙である。敢えて佐藤は渚にその存在を隠した。理由は、渚もまた剣を欲する集団の構成員だからである。

小沢の手紙の内容から、小沢が旧家で襲われた理由は間違いなく剣絡みであり、研究室への押し込みもまた同様……そのことは小沢の手紙が示していた。そして小沢を襲い、研究室に押し込み、昨日無頼漢を集めて襲撃してきた連中は、かなり大きな組織であることもハッキリとしていた。

　今のところ渚達武庫島党とは仲良くやっているが、その組織の登場に焦った武庫島党が、佐藤や渡部に荒事を働かないという保証は何処にもない。故に敢えて隠したのだった。

「佐藤さん、ところで剣はどうしました?」

「大丈夫です。私も容易に手が出せない様な安全な場所に保管してあります。ご心配なく」

「……そうですか」

「ところで咲さんと遥さんでしたっけ?　貴方も含め、皆さん武庫島党の方々はお強いですね」

「……」

　渚が絶句した。

「判りますよ。あの、無頼漢を前に素早く貴方の前に出たお二人も、武庫島党の関係者でしょう?」

「ええ……私の里では、男女問わず里に伝わる武術を身につけることが慣習化しています」

全てを見通され、諦めた様に渚が言う。

「貴方の上京にあたっての里付き護衛ってところですか?」

佐藤は、いつもの緊張感のない調子で渚に問う。

「あの二人は、幼い頃から一緒に育った私の小姓《こしょう》みたいな者です。普段は別々の職業に就くか専門学校に通っていますが、合コンに際して人手がなかったので呼びました」

「なるほど……」

佐藤は納得がいった。

「でも、相手があの程度の戦力なら、私と佐藤さんだけでも何とかできたと思います」

「当然、貴方も相当の手練だということは判っていましたからね」

佐藤は自信ありげに答える。そして、また紅茶を飲む。

「さて、渚さん、今後のことですが、連中もこれだけの事件を起こした以上当分派手な動きはしてこないでしょう……ですが、何か仕掛けてくるかも知れません」

「ええ、ですが、相手の正体が判らない以上は……」

渚が言葉に詰まる。

「万一の備えは必要です。そこでですが、相手に顔を見られてしまった渡部と斉藤の二人に、何とか武庫島党の方から護衛を付けて頂けませんか?」

出し抜けに佐藤が渚に注文を出した。

「護衛ですか……」

「ええ、そちらがこの辺でどの程度の人を動かせるか判りませんが、最低限で結構です。斉藤はともかく渡部は心配です、連中の手に落ちる様なことがあれば、こちらも剣を出さざるを得なくなります」

「そうですね、ですが我々武庫島党は海の民……陸《おか》に協力者は少なくて……ましてや護衛が務まる人間となりますと……」

渚は佐藤の注文に相当困っている様だ。

「そこで渚さん、これはあくまで私の提案なのですが……」

佐藤は、渚にある提案をした。それは渚が佐藤の注文に応ずる上では助け舟だったが、どうにもすぐに返答できる提案ではなかった。

だが、剣を持っている佐藤に対し、渚に選択肢はなかった。

渚は、全てお見通しでその提案をしてきた佐藤に呆れ果てた表情を見せたが、その提案を了承した。そして、佐藤の提案は即実行に移された。

ここは大学の一角……六人の男女が連れ立って歩いている。その面々は佐藤、渚、渡部、斉藤、咲、遥である。

さてさて、佐藤の提案とは、合コンメンバーのグループ交際を装うという奇策だった。

不自然なく陸での人員が限られた武庫島党が渡部や斉藤を護衛できるメリットの反面、『今時？』という見た目は否めない集団となった。

しかし、あくまでも護衛目的の偽装行為のため、互いに恋愛感情とか友情のようなものはない。そのうえ、護衛する側もされる側も本業があるため、なるべく一緒にいるようにはしていたが、全員が揃うことは稀だった。

行動（護衛）は、大学構内とその周辺での荒事はしてこないという想定で、主に大学、自宅間の通学時に行われた。しかし資料調査等のある渡部、サークル活動で忙しい斉藤の護衛には手空きの咲か遥が当たっていたが、双方本業もあり、思うに任せなかった。

各員なるべく一緒にいる様にはしていたものの、特に武庫島党側の咲、遥が揃うことは稀《まれ》だった。二度連中を撃破した実績を考えれば、それで護衛は十分とも考えられた。

両者手練で大して行動をともにする理由の見当たらない佐藤と渚は何故か頻繁に行動を共にしていた。この両者に至っても恋愛感情や友情と言ったモノが特にまだ芽生えた訳ではなく、剣を持つ者と欲する者同士が行動に注視し牽制《けんせい》し合っているに過ぎなかった。

この防衛策が功を奏したか、前回の乱闘で連中に致命的な打撃を加えたのかは不明だが、特に襲撃や脅迫、尾行等といった連中の目立った行動はなく、一ヶ月が過ぎた。その間、連中側も武庫島党も、決して現状維持の職務怠慢で過ごしていた訳ではない。

連中は、最初に研究室に侵入した二人に見切りをつけ、新たな人員を送り込み、佐藤や渚に関して鋭意情報収集に努めていた。この時点で初めて武庫島党の存在とその正体を知り、佐藤個人についても少なからず情報を得た。

武庫島党側の調査は、連中が公安当局にもマークされていない新興組織であったため、その正体に迫ることには難航していた。もとより武庫島党は水軍……陸での情報収集は苦手なのであろう。

一方佐藤と武庫島党も、謎のバッチを手掛かりに、剣を狙っているであろう組織の正体の解明に全力で取り組んでいた。

さて、奇《く》しくも剣を手中に収めてこの一件の中核的人物となってしまった佐藤は一ヶ月間どうしていたか……それが、グループ交際を装い防衛に転じていた以外、以前と全く変わらない生活を送っていた。実家の電気工事の手伝いがあれば手伝い、暇に任せて渡部の卒論執筆を妨害し、たまに高須研究室に顔を出しては斉藤と無駄話をしていた。変わったことと言えば斉藤に『借り』になっていたサバゲーに一度出場したくらいで、人（武庫島党等）に仕事を割り振っておいて『我関せず』の様な態度を取り続けていた。

しかし、その心中は剣の処遇を、暇さえあれば思案していた。渚の武庫島党に引渡すか、ドサクサに紛れて研究室に戻すか、しばらくこのまま様子を見るか、警察辺りに証拠品として引き渡すか……いずれにせよ小沢の残した手紙の遺命を最大限実現しようと考えてはいたが、武庫島党や警察に引き渡せばそれは達成できず、唯一遺命に従い研究するならば高須研究室に戻すのがいいのだがその方法は見当たらず、戻したとしても二度に渡って荒仕事を仕掛けて小沢を殺害したかもしれない連中が再び剣奪取を目論《もくろ》み研究室を襲撃する可能性も高いので、これは得策ではないか。

結局様子見で自分が押さえている他なく、方策も思いつかないまま、渚を牽制しながら間もなく一ヶ月が経過しようとしていた。

ほぼ一ヶ月目、先に動いたのは襲撃犯の連中だった。彼らも彼らなりに考え、武庫島党や佐藤から直接剣を奪い取ることは不可能と考えたらしく、意外というか思いもよらない奇策に打って出てきた。

それは、高須教授の誘拐である。教授は帰宅直前自宅前で拉致《らち》され、翌日高須研究室に脅迫電話がかかってきた。内容は記すまでもないだろう。

大学側の対応は直ちに警察に通報、研究室にいた斉藤から佐藤と渡部のもとにも一報が齎《もたら》された。

警察は、最初の脅迫電話のあった高須研究室の電話に逆探知機を取り付け、数名の刑事が変装して研究室に入り、次の連絡を待った。佐藤はその日は電気工事で研究室には急行できず、渡部と斉藤だけが研究室にいた。

程なく二回目の脅迫電話がかかってきた。電話には古賀主任研究員が出た。内容は、剣を持って来る場所を指定したものだった。心当たりのない古賀主任研究員が有無を言う前に電話は切れた。

「どうだ。逆探知できたか？」

責任者の刑事が機械を操作していた刑事に問う。

「駄目です。最初と最後に入った発信音からホシ（犯人）はＩＰ電話を使用している模様です。ここの機材では無理です」

「そうか、本庁に解析に回せ」

「無駄でしょう……既に回線は切断されていますし、海外のサーバーを経由している可能性が非常に高いです。追跡は先ず不可能です」

「電話の内容からして、次の電話連絡の可能性は低いな……やはり剣とやらを受け取りに来た現場を押さえる以外ないか……」

責任者の刑事が黙り込む。程なくして、古賀主任研究員の方を見た。

「しかし古賀さん。本当に剣というのに心当たりはありませんか?」

「ええ、研究室としては、そういった物は、今は扱っていません。先月研究室が事務所荒らしに遭いましたから、その時持ち出されたか、あるいは教授が個人的に管理しているかのいずれかです」

「高須教授が個人的に管理しているとして……他に把握している人間はいませんか?」

「私は、大抵の物の管理は任されていますが……それ以外の物もある様ですから」

「そうですか……」

再び研究室を沈黙が支配する。今や警察は、犯人の手掛かりを掴むことができず、研究室も犯人の要求に応じられない状態が生まれていた。

犯人が襲撃犯で、要求する剣が佐藤の隠し持つ剣であることを前後の事情で推定できる渡部は、この場で最も情報を持ち、事態を把握している人物だった。渡部と斉藤……特に渡部は、研究室への不当侵入と不審者との鉢合わせに始まるこの件の全てをここで今すぐにでも話してしまいたかった。しかしそうなれば不当侵入の主犯である佐藤や迎合した部外者である渚や武庫島党に類が及ぶことを考えると、相手が警察とは言え軽々しく話す訳にはいかない気がした。

程なく渡部の携帯にメールが届いた。佐藤からである。内容は『武庫島党の連中に注意しつつ、ある教室棟の屋上に来い』というモノだった。

渡部は、その旨斉藤に耳打ちして研究室を出ると、佐藤が指定した教室棟の屋上に向かった。


数分後、渡部が到着すると、そこには出入口の近くで足下に葉巻の吸殻を散らし更に一本の葉巻を咥えた佐藤の姿があった。

「早かったな」

開口一番佐藤が渡部に言う。

「ああ」

「誰にも尾《つ》けられていないだろうな？」

「大丈夫、俺なりに警戒はしてきたつもりだ」

「……そうか」

そう言うと佐藤は葉巻を吹かした。

「犯人はＩＰ電話使用で逆探知は無理か……」

佐藤は何故か、たった今、高須研究室で刑事達が会話していた内容を知っている。

「いま来たばかりで会話そのものは聞き逃したが、要求は剣だったな、十中八九、犯人はあの連中に違いない。で、二回目の電話の内容は場所指定か？」

いなかったはずの佐藤が高須研究室内の会話を知っているという事実に対する渡部の混乱が解消される前に、佐藤は矢継《やつ》ぎ早《ばや》に話す。そうしながら彼は携帯電話を操作している。

「斉藤にも伝えるが、まだ事件のことは渚達には黙っておけ。剣を渡さざるをえない局面になったら連中もどんな荒療治に出るか判らんからな」

そう言いながら佐藤は、斉藤にメールを送った。言うまでもなくこの局面でも事態の主導権を握っているのが佐藤であることは明白だった。

「おい佐藤、何でお前、警察と古賀さんの会話の内容を知っているんだ？」

渡部が佐藤に聞く。

「色々手段はあるが……それより二度目の脅迫電話の内容だ。連中、何と言ってきた？」

「『明後日、指定の場所と時間に剣を持ってこい。さもなくば、教授の命はない』と」

疑問が拭えぬ中、渡部は佐藤の問いに答えた。

「相変わらず荒事の好きな連中だな。どうせ俺達を襲った連中だろう……まぁいい」

そこまで言って再び佐藤は葉巻を吹かそうとしたが、紙巻煙草に比べ火の消えやすい葉巻の火はいつのまにか消えていた。それに気づいて懐からライターを取り出し、再び葉巻に点火する。

「拙《まず》いな……このままじゃ斉藤は別にして、どう転んでも俺達も火の粉《こ》を被るぞ」

そう言って佐藤は絶句する。

「この際、訳を警察に話す他ないんじゃ……」

弱々しく渡部が言う。

「そうなると問題は渚達だ。連中から見れば、それは明らかな裏切り行為だ。おまえあの三人を敵に回したいか?」

圧倒的多数の無頼漢どもが撃破された光景を目の当たりにした渡部には二の句も継げない。

「そのうえ、おまえはともかく、俺や渚達も研究室への不法侵入や傷害罪になる可能性もある……」

「でもあれは正当防衛にならないか?」

「忘れてたが、剣を研究室から持ち出したのは不可抗力とは言えおまえだ。窃盗になるかもな……。とにかく今更警察に話したところで誰もいい思いはせん!」

佐藤はそう言い切った。確かに論理的に考えれば、正にその通りである。ここが米国なら司法取引も期待できたがここは日本だ。『世界一頭の固いお巡りさん達』相手では訴追されるのは明白である。

「じゃあどうする？　教授は見殺しか‼」

渡部が声を荒らげる。

「こりゃあ八方塞がりだな。せめて警察に通報していなけりゃ犯人と直接交渉って手もあったんだが……」

佐藤の葉巻の火は再び消えている。咥えながらも吸うのを忘れるほどに追い詰められているのだ。

散々ここまで仕切っておいてグタグタと保身を前提とした理屈ばかり唱え、この窮《きゅう》地《ち》に案の一つも出せない佐藤に対し、徐々に渡部は苛立《いらだ》ちを隠さなくなっていった。自らも煙草に火をつけプカプカと吹かす。明後日……。何かしら準備があるとすればもう時間はない。渡部も方策を必死に考えたが、本件以前に大した修羅場《しゅらば》を潜《くぐ》ったことのない彼の頭脳にそんなモノが浮かぶはずがなかった。

二人の進退は極まりつつあった。どうすべきか二人は必死で考えた。だが、最早問題は、二人の実力で解決できる範疇《はんちゅう》にはなかった。

選択肢は二つ。身を捨て、剣を諦め教授を助けるか、教授を見殺しにして知らぬ存ぜぬを通すか……それ以外になかった。一瞬佐藤は、小沢が剣を自分のところに送ったことにしようかと思ったが、一介の研究室ＯＢに送るというのは余りにも不自然

で、必要以上に事情を知っている渡部や斉藤がボロを出さないとも限らない。何より
それが渚達にバレた場合、彼らがどんな行動に出るか想像がつかない等、それ以上の
危険を伴うことは明白であり、すぐに不可能と判断した。

二人は教室棟の屋上で並んで煙草を吹かす。こうなっては二人とも何らかの犠牲を
払い、危険を犯さなければならない――そう考え始めていた。

だが、それは長続きしなかった。突然佐藤が口を開いたのだ。

「渡部……やっぱしおまえの仕事だ」

「？？？？」

突然そう言われた渡部は、その意味が判らなかった。

「尾けられていたみたいだな……」

呟く様に佐藤が言う。

――まさか!!　渡部は慌てて振り向く。だが、渡部の視界に人影はない。

渚の時とは違い、佐藤はそれを制止しなかった。

「そこで聞き耳を立てているのは、どなた様ですか？」

全く気迫のない声で佐藤が問い掛ける。程なく答えが返ってきた。

「……もっと早くにお気づきになるかと……」

その声は屋上出入口の死角の辺りからした。

「現在脳内多忙でね、そっちまで神経が行かなかった……」

「そうですか、大学は安全そうで有象無象《うぞうむぞう》が忍び込みやすい、もっと注意した方がいいですよ」

「ああ、今度からそうするよ……でも今回も注意が足らんのは俺じゃない」

声はしばし沈黙して再び話し始めた。

「それもそうですね。貴方が仕掛けてくれた盗聴器のお陰で、最新情報が判ります。感謝しています」

「盗聴器って、貴様研究室にもそんなもん仕掛けていたのか！」

突然渡部が会話に割り込み声を荒らげる。だが、佐藤はそんなことは意に介さず、姿の見えない相手と話し続ける。

「あのさぁ、差し支えなければ出て来られないかな？　俺はどうも古い人間でね、ネットにしても何にしても、姿の見えない相手と話すのは好きじゃないんだ」

再び声が沈黙する。程なくコツコツという硬い革靴の様な足音が響き、やがて声の主であろう人物が屋上の白日の下に姿を表した。

革靴に紺色のジャバラ型の詰襟《つめえり》姿……妙な姿（服装）の人物（学生、教員等）が普段から徘徊《はいかい》する大学内に於いてもかなり目立つ部類に入る姿だ。身長、体型ともに現代日本人の平均的体型で、顔付きは少々顎が鋭く細面《ほそおもて》で大した特徴はなく、服装以外これと言った特徴は見当たらない。ただその眼光は鋭く、表情に乏しい。たとえこの場で地球が割れようとも、それを平然と眉《まゆ》一つ動かさず見詰める様な目付きだ。

その人物は、何の感情も読み取れない確実な歩調で佐藤の方へと近づいて来た。

「そこまでだ」

佐藤は、その人物が一定距離まで近づくとその歩調を制した。

「なるほど用心深いですね」

その人物は姿を表す前と同じ口調で言った。

「色々と恨みを買っている心当たりは山ほどあるんでね」

佐藤も少し緊張した声で返す。知らず知らずのうちに目の前に姿を現した正体不明の人物の雰囲気に呑まれている様だ。

「高校時代の同級生や武庫島党、高須教授誘拐犯の辺りですかな?」

その人物は言う。こちらは覚えがないが、佐藤やその周辺の最近の状況を知っている様だ。

「高校時代の連中はともかく、渚達とは仲良くやっているよ。向こうがどう思っているかは知らないがな……。高須教授の誘拐犯?　心当たりはないね」

佐藤は既に、渡部との会話でも判る通り、小沢講師殺害に始まる一連の事件を同一犯と見ていた。しかし、自らの進退極まったこの局面を鑑《かんが》み、ここで正体不明の人物に余計な情報を与えるのは得策でないと考え、敢えてそう答えた。高校時代に対立していた同級生にここまでの人物はいない。また雇えるほど経済的に成功している人物がいるとも思えない。残すところで、自分にこれほどの人物をぶつけてくるのは、武庫島党か一連の事件を起こした連中だ。が、武庫島党は既に渚他二名を我々に充てている。一連の事件を起こした連中は現在高須教授の誘拐という非合法手段を用い大学を脅迫している。今更我々と真面目に交渉する様なことはないだろうし、第一高須教授の誘拐との一貫性がない。

だが、これはあくまでも佐藤の私見だ。武庫島党にしても一連の事件を起こした連中にしても上意下達の一貫性のある組織と断定するには佐藤は彼らを知らなすぎる。いずれかの組織に派閥が存在し、佐藤や渡部に対する対応に不満を持ち、独断専行で接触を図ってきた可能性も否定できないし、確実に剣を手中に収めるための何らかの策謀という線もあり……しかしそれを言いだしたら切りがないのもまた事実だ。先ずはこの男が何者かを知ることが重要だ。

「そうでしょうか？　私は貴方がたが思っているより多くの情報を持っています。高須教授の誘拐犯は、恐らく貴方がたの誰かが彼らの欲しい物を持っていると思い行動しているのでしょう。武庫島党の手に既に渡っている可能性も否定できないが、本来剣の奪還が目的の彼らがいまだに貴方がたと接触を続けていることを考えると……」

人影がそこまで言ったところで佐藤がそれを遮った。

「なるほど、論理的だな。だが証拠は何処にもない」

人影が、佐藤に答える。

「情況証拠ならありますよ。剣の正体に気づき、大学にそれが送られたことを知って、最初に行動を起こしたのは貴方がたと武庫島党の姫のはずです。研究室の方々は剣の価値どころかその存在すら知らない。ここまで行けば大体誰の手中に剣があるか、大分絞り込めてきますね」

飄々《ひょうひょう》と人影は言う。

「聞き忘れていたが、貴様は何者だ」

「これは失礼をば……私の属する組織の詳細は明かせませんが、土御門《つちみかど》の如月《きさらぎ》と申します」

人影はそう名乗った。しかし名前が本名だという確証はなく、今以て佐藤達に正体不明の人物だ。

「それで如月さんとやら……あんたの目的は何だ?」

佐藤が立て続けに聞く。

「剣を是非買い取らせて頂きたい。研究室にも、貴方がたにも相応の額はお支払いします」

「すぐに飛び付きたい話だが、あいにく人質を取って剣を要求している奴らもいてね、そう簡単に渡す訳には行かない。それに剣の学術調査は小沢さんの遺命でもある」

佐藤は、含みを残しつつ、早急な売却に難色を示した。

「今すぐにとは申しません。剣を譲って頂ければ、相応な機関での学術調査もお約束致しましょう。どうです、ただ『よこせ』を連呼する水軍よりはマシな条件を提示しているつもりですが……」

如月の言葉を信じれば佐藤がこの話を拒絶する理由は軽減された。だが、まだ重大な問題が残っている。

「高須教授はどうする。剣がなくちゃどうにもならん……それに剣の存在が公になれば、警察が介入している以上、俺や渡部もただじゃ済まん。おたくが何と言おうと、剣は証拠物件として押収されるかもしれない」

佐藤も喰い下がる。

しばしの静寂の後、如月が口を開いた。

「判りました。ここは一芝居《ひとしばい》打つことにしましょう、佐藤さん、渡部さん、貴方がたにも協力して頂きますがね……」

そう言って、如月は急遽《きゅうきょ》作った腹案を示した。その方法は確かに、佐藤達に火の粉は降り掛からず、円満な解決方法だったが、到底短期間で準備できるモノとは思えない内容だった。しかし如月は『大丈夫』だと言う。

佐藤と渡部にとっては、如月が地獄に垂らした一本の蜘蛛の糸だった。しかし実現性にはどうも疑問が残る。だが、二人にとって他に選択肢は見当たらなかった。

「佐藤、どう考えても無理だ。現実的に、これを明後日までに奴が準備するのは不可能だ」

渡部は如月の提案に反対した。

「だが、他に選択肢は俺達の手が後ろに回る（立件）以外ないぞ」

佐藤は如月の提案に肯定的だ。

「それは、そうだが……」

「この際、俺達が生き残るにはこの手しかない……最悪でも責任を全て如月に押し付けられる」

「……」

それを聞き、渡部は二の句が継げなかった。

「じゃあいいな」

「ああ……」

渡部は渋々合意した。

それを聞くや如月は、「準備にかかる」と言い、研究室と佐藤の連絡先を聞き、早々に立ち去って行った。

翌日、如月から『明日研究室にお伺いします』と題されたメールが佐藤に届いた。本文には、明日の午前中に高須研究室を訪ねる旨と、その場で佐藤と渡部に『猿芝居』を求める内容だった。

時を同じくして、高須研究室に小沢講師の知人で『文化庁の田中』と名乗る人物から高須教授誘拐事件への協力と証言をする旨の電話があったことが、その日のうちに斉藤から佐藤と渡部に伝えられた。

これを受け、佐藤は渡部に如月から来たメールの内容を伝えて、言われた通りの『猿芝居』をすることで合意した。

そしてその当日の午前、偶然を装い佐藤と渡部が待ち受ける中、文化庁の田中を名乗る如月が現れた。二日前に会った時とは違い、背広姿で伊達《だて》眼鏡まで掛けている。如月は研究室にいた刑事に文化庁の田中と名乗り、名刺を差し出した。そして前日の佐藤へのメールにあった通り「小沢講師とは学会でお近づきになって以来……」というもっともらしい作り話を語りだした。そして、話は小沢講師殺害事件に及び、その直後小沢講師からの小包が届き、その中身が剣だったと語った。

その場にいた警察関係者はその話を信用したらしく、如月に剣の所在を聞いた。如月は「現在自分が保管している」と答えた。

さて、ここからが『猿芝居』の始まりである。

「刑事さん、犯人が要求しているのは恐らくその剣です。高須教授の命には代えられません。田中さん、その剣を譲って下さい」

渡部が口火を切った。

「要求しているモノが何か判った以上、話は早いでしょう。この際剣を渡して高須教授を救い出しましょう。田中さん、お願いします」

佐藤が畳み掛ける。

「判りました。小沢さんからの預かり物ですが、人一人の命には代えられません」

如月も同意する。

警察不在で話が進行していく、そこに責任者の刑事が割って入った。

「待って下さい。それではみすみす犯人に剣をくれてやる様なものです」

このままでは面目丸潰れだ。警察側には、どうしてもその事態を避けたいという感情が滲《にじ》み出ていた。

「どうせ犯人についての手掛かりも全くないのでしょう？　致し方ないでしょう」

それに佐藤も応戦する。

「我々も情況を洗い直し鋭意捜査中です。必ず事件は解決してみせます」

刑事も怯《ひる》まない。

「犯人は人質を取り、時間制限を掛けてきています。今夜です。それまでに何とかできるんですか？」

佐藤が更に畳み掛ける。渡部がそれに続く。

「そうです。私達高須研究室の者にとって何より大事なのは高須教授の無事です。貴方がた警察が何と言おうと剣は持って行きます」

本当にこの如月が送ってきた『台本』はよくできている。そして渡部もよく演じている。

刑事達は押し黙ってしまったが、しばらくの後、責任者の刑事が口を開いた。

「判りました……では引き渡しには私服の警官が……」

と、そこまで聞いた佐藤は今までにない強い口調で言い放った。

「今更警察の何を信用しろというのです！　受け渡しには自分と渡部が行きます！」

それを聞いた刑事は血相を変えて突っ掛かってきた。

「危険すぎる。民間人如きが出る幕ではない！」

その爆弾発言が終わるやいなや、佐藤が鬼の如き形相で怒鳴った。

「『如き』とは何だ、『如き』とは！　大人しくしていれば、いい気になりやがって。

おまえら国家権力を笠《かさ》に着て何様のつもりだ！　何もできないどころか差別発言か。この役立たずどもが!!」

その形相は、さながら研究室に侵入した不審者を撃破した時の様な形相だった。最早佐藤は芝居を忘れている様に見えた。

『如き』と言った刑事はあからさまに『しまった』という表情を浮かべ、困惑している。

「佐藤さん……部下の非礼をお詫びします。ですが、犯人と接触するのは危険です。どうか我々に任せて頂けませんか？」

この救い様のない状態に責任者の刑事が割って入り、場を収めようとする。ここは、警察はどうあっても主導権を握りたいらしい。だが、現状主導権を握っているのは佐藤でも渡部でも警察でもない。人質という絶対的優位な手札を握っている犯人である。

「刑事さん。残念ですが私にはもう警察は信用できません……。引渡しには我々が行きます。邪魔だけはしないで下さい……」

先程とはうって変わって落ち着いた口調で佐藤は言った。そしてその様子をただただ見守る古賀主任研究員の方に向き直った。

「古賀さん、それでよろしいですね」

「……ああ」

引き気味ながら古賀は同意した。

こうして、如月の思惑通り、警察を本事件から遠ざけることに成功した。


その日の昼過ぎ、いつもの喫茶店に佐藤と渡部の姿があった。

「渡部よ、おまえ名演技だったな」

佐藤が普段の気の抜けた調子で言う。一方渡部は、『猿芝居』の緊張がいまだに抜けていない様子だ。

「頼むから、こういうことに俺を巻き込むのはやめてくれ。寿命が縮む……」

「だって仕方ないじゃん。前にも言ったが、我々の手が後ろに回らずに済む方法は他にはあるまい」

「だからと言って、大丈夫なのか？」

それを聞いた佐藤は、鞄から貯金通帳を取り出して指し示した。

「先刻如月からメールがまた来てさ、口座番号教えろっていうから送ったら、見ろ」

そこには、その日の日付でかなりの額の振込みがあったことが記載されていた。

「『口止め料』ってところだろう……おまえの口座番号も知りたいってさ」

それを見た渡部が血相を変えた。

「『口止め料』ってこんなにか？」

「ああ、その辺の日本人が一日やそこらで用意できる金額じゃない。如月の背後には何か大きな組織が付いているよ。それも警察の介入を喜ばない組織がね……」

「益々不安になってきた」

渡部の顔が青ざめる。

「さてと、次の問題は、誰を何処まで信用するかだな。渚、犯人、如月……いずれにせよ狙いは剣だ。警察はまぁ……面子かな？」

相変わらずで佐藤は真面目に語る。

「おまえ、如月を信用したからあんな『猿芝居』までやったんじゃないのか？」

再び渡部が問う。

「少なくとも俺は、奴に完全に下駄《げた》を預けたつもりはないね。警察が介入した誘拐事件に於いて我々が最低限の被害で切り抜けられる選択肢として、彼の提案に乗っただけだ」

何という腹黒さ。一体佐藤は、この浮世離れした状況下で何を信頼して立ち回っているのか。既にその言動は渡部の理解を超えていた。だが、ただ一つ渡部にも判ることがあった。

「佐藤よ、おまえ愉《たの》しんでいないか？　今の状況を……」

渡部はその疑問をぶつけてみた。しばらくの沈黙の後、佐藤は葉巻を取り出し、火を付けて飲み始めた。

「……先週末、斉藤を厄介事に巻き込んじまったお詫びに奴のサークルが主催するサバイバルゲームに参加したんだ。それが終わった後で似た様なことを言われたよ。『佐藤先輩は危険を愉しんでいる』『戦争マニア』……『無類のトラブル好き』だってね」

渡部には、その意味が理解できなかった。

佐藤は続ける。

「つまり『危険』とか『非常事態』が大好きで、その地獄の縁《ふち》で何処まで立ち回れるか……本質的にはそういうことが第一の関心事だという人間ということらしい。もっとも斉藤の個人的見解だがね」

渡部は絶句した。大学入学後初めて知り合った、大学で最高の友人とも呼ぶべき人物が、そんな危険人物という評価を受けていた事実に驚愕した。

佐藤は再び葉巻を吹かして話しだした。

「結局俺にとっては、『剣の学術調査は小沢さんの遺命で譲れない』等と言いつつ、頭の中は『この非常事態下をどう見事に立回るか』という自分の精神的利益が第一で、『小沢さんや高須教授への恩義から』というのは建前で二の次、三の次ってことなのさ……」

そう言い終わると佐藤は少し寂しそうな表情を浮かべた。

二人を短い沈黙が包む。渡部は、今までの佐藤の言を思い返し、高校時代の武勇伝を思い出して奇妙な納得感を得ていた。彼が、斉藤の言う通りの人間なら全ての説明がつく。だが、それが彼の全てではない、渡部はそう思い直して沈黙を破った。

「じゃあ佐藤、何でおまえ去年、院（大学院）を受けたんだ？　院は就職以上に『平々凡々な日常』の連続だぞ……」

斉藤に指摘されたその言葉に返す言葉が、佐藤には見当たらない。一体自らが何を欲し、何を目指していたのか。言い訳をすれば、『目指すモノ』と『欲するモノ』が食い違っていたのだ。だが、本当にそれだけだったのだろうか……。今の佐藤の脳裏にその答えはない。

その『不合理さ』を心中に宿しつつ、佐藤は葉巻の火を消した。そして気を取り直して再び口を開いた。

「さて……話を戻そうか。今日の取引に関しては、渚達に話さない方がいい。あれだけの手練の衆だ、何か仕掛けてくるかも知れん」

「そうだな、斉藤にも口止めしておいた方がいいな」

その渡部の言に佐藤がニヤリとした微笑を浮かべる。

「その通り、おまえも慣れてきたな。渚達には悪いが、今回は蚊帳《かや》の外に置いておこう……」

こうして、佐藤と渡部は武庫島党に対し、世間一般で言う『裏切り』行為を行い、今夜の行動について話し合った。

しかしこのことが重大な失策を招き、全ての策謀が水泡《すいほう》に帰することを知るのは、翌日を待たねばならなかった。

五章　取引

その日の深夜。昼間の宣言通り佐藤と渡部は剣持参で誘拐犯が指定した取引場所（引渡場所）に来ていた。間もなく犯人が指定した時刻である。場所は都市近郊のとある営業休止中のゴルフ場の駐車場。佐藤は運転免許を持っていないので、渡部の運転で現地までやって来た。

「いや～おまえの運転でのドライブはスリリングで楽しかったよ」

この緊張した場面でも佐藤は脳天気な発言をする。いやむしろ普段より活き活きとしている様に見えた。

「悪いな。大学一年の時に帰郷して地元で免許とって以来の運転なモノでな」

不機嫌そうに渡部が答える。

「特に市街地でおまえは運転しない方がいいな、周りの車に迷惑だ」

ヘラヘラ挑発する様な発言を続ける佐藤。

「じゃあ帰りは歩いて帰るか？」

「そう怒るなよ、おまえの運転よりこの先の方が余程危険なんだから」

「……そうなのか？」

「当たり前だろう、犯人と接触するんだから。殺人やら襲撃、誘拐をこの日本で平気でやる連中だよ、一手差し違えれば、俺達どころか教授だって危ない。だが、安心しろ。おまえだけは何があろうと、手足が二、三本取れても連れ帰ってやる。それだけは約束するよ」

佐藤が突然真顔に変わった。

「……警察はどうしているかな？」

「ここの場所は知っているし、その辺に潜んでいるんじゃないの？　彼奴ら面子が一番大事だからな。それに如月も何か仕掛けてくるだろう」

「如月が？」

「あれだけの『口止め料』を使い、そのうえ剣を買い取るとまで言った奴らが、剣が人手に渡るのを座《ざ》して見ている訳がないだろう。傭兵《ようへい》でも何でも使って何か起こすよ。多分今夜は血を見ずに帰れまい、その覚悟だけはしておけ」

その言葉に渡部は反論しようとした。しかしそれを佐藤が制した。

「……静かに！　何か聞こえないか？」

渡部は耳を澄ます。程なく何か夜中の山間の駐車場には不似合いな聞き慣れた音が近づいて来るのが判った。これは……そうだ、車のエンジン音だ。車はドンドン近づいて来る。

　刹那、二人の視界の端で何かが光った。それは山の方からドンドン近づいて来る。車の様だ。そして、それは姿を現した。黒塗りの四輪駆動車が、二人の車が入ったとは別の道から駐車場に飛び込んできた。次の瞬間、四駆の運転手がこちらを目視したのか猛然と二人の方へ向かって来た。佐藤は咄嗟《とっさ》に渡部を庇《かば》う姿勢を取る……が、四駆は二人を跳ねる寸前で見事なドリフトを決め、停車した。程なく運転席の窓から手が突き出された。

『乗れ』

　その手が握る紙片にはそう書かれていた。二人が躊躇していると次の紙片が差し出された。

『教授の命はないぞ』

　こう書かれては、二人に選択の余地はなかった。警戒しつつ二人はこれに従った。二人が後部座席に乗ると、再び四駆は猛然と発進した。二人は座席に押し付けられる。そして今来た山道に再びそのままの速度で突入した。車内は想像以上に揺れる。未舗装の山道、恐らくゴルフ場の整備用の道であろう。そこを凄まじい速度で走る。

　程なくヘッドライトが消されて、車内は真っ暗になった。それでも速度が落ちた様子はない。月明かりだけの漆黒《しっこく》の闇の中を直《ひた》走る四駆の凄まじい振動の中、目的地が判らず、渡部は言うに及ばず佐藤の心中も不安に包まれる。

どれほどの距離を走ったであろうか。四駆は突然開けた場所に飛び出し、急停車した。

『降りろ』

後部座席に運転席から紙片が差し出される。

「さっ、佐藤……」

渡部が消えそうな声で聞く。

「言われた通りにしよう……」

小声で佐藤が返す。闇の中でドアを探し当て、開く。そしてヨロヨロと車外に出た。渡部がそれに続く。

二人が降りると四駆は再び急発進して走り去って行き、二人が残された。

渡部が辺りを見回す。すると近くに朽ちかけたログハウスの様な建物がある。

「こんなところで一体……」

渡部は、二、三歩周囲を歩き回ると、その時異変に気がついた。

佐藤が地面に伏して微動だにしていない様子が薄らぼんやりとした月明かりに照らし出されていた。

「おい、佐藤どうした!!」

「………悪い……酔った……」

弱々しく佐藤は、そう答えた。

「って、おい大丈夫か！」

渡部の問いに佐藤は、再び弱々しい声で言う。

「多分……しばらくこうしていれば……」

もう五年の付き合いになるが、佐藤がこれほど車に弱いとは知らなかった。舗装道路を走っていた駐車場までの道程では大丈夫だったのだろう。しかし未舗装道の高速走行ですっかり『車酔い』してしまった模様だった。

「何をしている、早く中に入れ！」

突如、ログハウスの方から怒声がした。どうやら犯人が中にいるらしい。

それを聞いた佐藤は、覚束《おぼつか》ない足取りで立ち上がり、ログハウスに向かおうとした。それに渡部が肩を貸す。これではあべこべである。

渡部は佐藤を支え、剣を小脇に抱えてログハウスの中に入った。中は雑然としていて、最近人の手が加わった様子はない。しかし視認できるのは天井の破孔から差し込む月明かりに照らされた場所のみで、無論声の主も見当たらない。

「剣をこちらへ持ってこい！」

闇の中から声がする。どうやら声の主は、自分達と正対していて、そう遠くない位置にいる様だ。

「大丈夫か。一人で立てるか？」

渡部は佐藤に聞いた。

「ああ……大分よくなってきた……」

それでもまだ声は弱々しい。

渡部は佐藤から離れる。佐藤はようやく立っているという感じだ。佐藤を心配しつつ、渡部は、声のする方に数歩、歩んだ。

「そこまでだ！　そこに剣を置け、そして下がれ！」

再び声が命ずる。剣を置けと言われた場所は、屋根の破孔から月明かりが差し込んでいる幾つかの場所の一つだった。

渡部は、言われた通りに剣を足下に置き、数歩下がった。

程なく暗闇から手が伸びてきて、床に置かれた剣を掴み、そして闇の中に引き摺り込んでいった。

ほぼ同時に渡部は肩を軽く掴まれた。佐藤が覚束ない足取りで近づいて来ていたのだ。そして、耳元で囁《ささや》いた。

「……注意しろ、この建物内に、奴以外にも誰かが潜んでいるぞ。それも二、三人じゃない……」

「敵か？　味方か？」

渡部が問う。

その時、剣を手にした犯人と思しき人物は、声を上げた。

「これで……これで剣が手に入った……ここから全てが変わる……」

次の瞬間、『ドサリ』という音がした。

「誰だ！」

犯人と思しき人物は大声を上げる。

「貴様風情が草薙剣を欲する等……不遜《ふそん》にもほどがある」

突然、渡部達が入って来た出入口、つまり渡部達の背後から声がした。聞き覚えのある声だ。

渡部と佐藤が振り向くと出入口から差し込む月明かりの中に一つの人影があった。

「……おのれ、何者だ!!」

犯人と思しき人物が問う。

「失われし三種の神器、本来の持ち主がもらい受けに来た」

「くそ、誰だか知らないが殺ってしまえ!!」

犯人と思しき人物が叫ぶ……が、周囲は無反応だ。

「この建物は既に制圧した。残るはおまえだけだ」

人影は淡々と言い放つ。

「……如月か……」

佐藤が呟いた。そう、それは如月だった。

「あの駐車場を指定し、取引はこの建物で行う……。全く予想通りで驚きましたよ。佐藤さん、渡部さん、ご苦労様でした。後は我々で処理します。サッサと渡してもらおうか」

そう言いながら如月はツカツカと犯人と思しき人物に近づいて行く。犯人と思しき人物は恐らくたじろいでいることであろうが、事は闇の中、杳として知れない。

だが、トラブルはまだまだ続く。程なく如月が天井の破孔から漏れる月明かりを横切った。その時、突然何かが真横の割れた窓の辺りで光った……刹那、如月は身を翻《ひるがえ》し、一回転した。

佐藤と渡部、そして犯人と思しき人物には、一瞬何が起きたか判らなかった。だが、佐藤は如月が窓の方から飛んできた何かを投げ返した様に見えた。

その直後、その窓から何かが……いや、小柄な人影が建物内に飛び込んできた。

「き～さ～ら～ぎ～……」

着地するなり、その人影は、低く唸《うな》る様な調子で言った。佐藤と渡部には聞いたことのない口調だが、何処かで聞き覚えのある声だ。

「これは、これは水軍の姫……一足遅れましたな」

既に体勢を立て直した如月が言う。

「そこの二人に一杯喰わされたんだよ……。カネにモノを言わせて剣を掻《か》っ攫《さら》おうなんて真似させるかよ！」

「おい、佐藤……」

渡部が呟く。

「ああ渚だ……拙いな」

佐藤が答える。この状況、佐藤と渡部に取っては軽くヤバイ展開であり、ここで渚と如月を両天秤に掛けたことが露呈すれば（もうしている）、両者の矛先《ほこさき》がこちらに向かいかねない。二人は犯人以上の苦境に追い込まれつつあった。

「理由はどうあれ、この剣の本来の持ち主は我が主。簡単に剣を奪われる貴方がたに預けておく訳には参りません」

飄々と如月が言う。

「八百年間、所在すら掴めなかった貴様らに言われたかねーよ。こちらが先に探し当てたんだ、おまえは引っ込んでいろ！」

渚は怒声を浴びせる。

「これも八百年来の我が一族に与えられた主命……そういう訳には参りません」

相変わらず淡々と如月は言う。

「そうか、どうしても退かないというのなら……者ども、掛かれ！」

そう言いながら、渚は如月に向かい、何かを構えて発射した。それを如月は華麗に
躱す。直後、佐藤と渡部の足下に何かが刺さった。

佐藤は渡部を突き飛ばしながら怒鳴った。

「弩（クロスボウ）だ、渡部伏せろ！」

渚の『一撃』を合図に四方八方から矢が方々に飛び交い始めた。

「応戦しろ！」

短く如月が告げる。すると今度は、矢よりかなり小さい、光るモノが飛び交った。

恐らく吹矢か棒手裏剣の類のモノであろう。暗い建物内は修羅場と化した。

「頭を上げるな！　そのままでいろ！」

佐藤は床を這いずり、渡部の方に近づく。

「どうなっているんだ!!」

渡部が佐藤に聞く。

「判らん。渚が来るのは想定外だ!!」

「『無類のトラブル好き』ならどうにかしろ!!　ってこんな事態は想像できただろ

う?」

渡部は声を荒らげる。二人の周辺を彷徨いていた渚が、如月の出現や二人の迎合を感知できたことは想像に難くない。それを「想定外」で済ませる佐藤の計画の杜撰《ずさん》さが窺《うかが》える。

「如月が手を打っていると思ったんだよ! 想像はしていたけど想定はしていなかった」

この期に及んで微妙な日本語表現の差異で言い訳に走る佐藤。もう今の渡部には何の助けにもならなかった。

「もういい! おまえに任せた俺が馬鹿だった。剣なんぞ渚にくれてやればよかったんだ!」

渡部は、遂に佐藤の行動を見限り、捨て鉢な発言を始めた。

「おまえが慌てて持ち出した後始末の慰謝料稼いで、って……そう言や、彼奴は何処へ行った?」

ふと佐藤は、この混乱に満ちた状況下で肝心なことを忘れているのに気がついた。この状況の全ての元凶、草薙剣は、今奴が生きているとすればその手中にある。そして、這《は》い蹲《つくば》ったまま辺りを見回し、犯人と思しき人物を探した。程なくそう遠くない月明かりの下に二人と同様に地面を這い矢弾を避けている人影を見つけた。

「いたぞ！　よ〜し……」

そう言いつつ、佐藤はその人影に近寄ろうとした。

「何考えているんだ！　これ以上深入りするな！」

再び何を心中に秘めてか動きだした佐藤を渡部が制する。

「彼奴をとっ捕まえて警察に突き出せば、万事解決、誰も泥を被らずに済む！」

「信用できん！」

最早渡部は、佐藤の危機管理能力を全く信用していない。そしてこの状況を産み出しておいて、その修羅場に更に深入りしようとする佐藤の精神構造も理解できなかった。

そうこうしている間も、三者の頭上では、渚と如月の手勢が放つ矢弾が飛び交っていた。その状況を打開せんと犯人に迫る佐藤……と、その時、その人物が懐から何かを取り出した。——刹那、爆発音とともに天井が崩れ落ちてきた。

思わずその場にいた全員が天井に注目する。梁《はり》が佐藤の眼前で地面に落下し、濛々《もうもう》と埃を捲き揚げた。佐藤は思わず頭を抱え、脚を屈めて防御姿勢を取る。

更に天井の爆発は続く。小爆発ながら内装を破壊して、室内の彼我《ひが》を襲う。こうなっては戦闘どころではない。

佐藤は慎重かつ迅速に立ち上がり、辺りを見回す。どうやら最初に入って来た入口の方向にはまだ爆発が及んでいない様子だ。

恐らく渚や如月達も個々に脱出を開始しただろう。

「渡部、立ち上がれ、行くぞ。ここはヤバイ！」

そう言って佐藤は渡部の手を取り、出入口に向かい始めた。渡部も若干フラつきながらそれに続く。

渚が、如月が、犯人が、そしてその手勢達が、次々とログハウスから脱出する。

程なく火災が発生した。ようやく警察が現場を把握したらしく、複数のパトランプが木々の隙間《すきま》から見え隠れしている。サイレンも聞こえる。

そして、ログハウスの前には剣を失った佐藤と渡部が残された。渚や如月は自らの手勢達とともにどこぞへと消えていた。付近に残っているのは如月の手勢の奇襲と天井の崩落で負傷した犯人グループの数名のみだった。

残っていた犯人グループのメンバーは逮捕されたが、その中に、剣を受け取った人物は、いなかった。


翌日、例によって大学近傍の喫茶店。ここには難を逃れた昨夜の騒動の責任者達が一堂に会していた。渚、如月、そして佐藤、渡部である。

この日の早朝、高須教授は都内で解放され、警察がそれを発見して保護していた。

しかし引き換えに草薙剣は犯人側の手に渡ってしまった。

誰一人何も語らない。そして誰一人誰とも目を合わせようとしない。この緊張が極限化した席で、佐藤はいつもの調子は何処へやら、最大限に小さくなっていた。ただただ恐縮していた。

剣は奪われ、犯人は取り逃がし、この八百年間表だった抗争もなかった武庫島党と如月一派が衝突することとなり、渡部をこれ以上ないほどの危険な目にあわせた。原因は何を置いてもヒラヒラと優柔不断に立ち回ろうとした挙句に醜態を晒した佐藤の責任である。

最初に口を開いたのは渚だった。

「佐藤さん。研究が終わり次第、剣は我が武庫島党にお譲り頂けるのではなかったのですか?」

しばらくの後、佐藤も口を開いた。

「いや……それなんだが、如月が高額で買い取りたいと言うモノだから……つい……」

いつになく佐藤の歯切れは悪い。この場に集う者達にとって最悪の結果を産み出した張本人である以上、止むを得まい。

「武庫島党は元々の所有権を盾《たて》に『タダでよこせ』と言い、我々は『お礼』を少々支払おうとしただけです。水軍の馬鹿娘さえしゃしゃり出てこなければ、問題なかったのです。まさか情報が漏れているとは……まぁただの大卒ニートに高度な情報管理など最初から期待していませんでしたが、この短時間で漏れたのは計算外でした」

如月が飄々と言う。

「後から出てきて、カネにモノ言わせて掻っ攫おうなんて真似、黙って見ていられるかよ！　八百年以上も何処にあるかも判らなかったクセにデカイ口叩くな、この朝廷の犬の土御門が!!」

渚が声を荒らげる。

「西洋の猿真似陸軍にまんまと奪い盗《と》られる様な方々に言われたくありませんな。とにかく、古《いにしえ》の所有権を主張するなら我々の方が先です。草薙剣は大国主命が須佐能尊《すさのおのみこと》より授かりし剣、更にそれは須佐能尊が倒せし八岐大蛇の尾よりこの世に出て、天照《あまてらす》大御神《おおみかみ》に奉じられ、天孫降臨の際持参されたモノです。天孫瓊瓊杵命《ににぎのみこと》は万世一系の皇室の直系の先祖に当たります。占有権は我々にあります。横から掻っ攫おうとしているのはそちらでしょう。貴方は所詮、源氏の頭領から預かったに過ぎないはずです」

淡々と如月は言う。

「そういうことになったのは、平家に安徳天皇ごと三種の神器の持ち出しを許した朝廷の責任だろう」

渚の物言いは相変わらず荒々しい。昨夜までの立居振る舞いは佐藤、渡部に対し猫を被っていた様だ。

「確かに……源平合戦の折のことは我が先祖の痛恨事で、今更弁解の余地はありません。だからこうして先祖代々務めてきたのです。その務めも昨夜終わるはずでした。水軍の馬鹿娘さえ出てこなければ……」

するると、ここで渡部が口を開いた。

「如月さんは壇ノ浦の戦いでの紛失以来、武庫島党は帝国陸軍に奪われて以来、それなりの理由があって剣を追ってきた訳ですね。と、いうことは、私は完全に剣を巡る争いのとばっちりを喰ったことになる。それも、その争いを利用して私服を肥やそうとした悪党のために……」

そう言いながら佐藤の方を見た。相変わらず彼は無言だ。

「まぁ……そうとも言えますね」

サラリと如月が答える。

「馬鹿馬鹿しい、やってられるか！　俺は降りるぞ、卒論も大分遅れているしな」

そう言って小銭を置くと渡部は立ち上がり、去って行った。

「ここに剣がない以上、私もここに留まる意味はありません。失礼させて頂きます」

渚も渡部に倣い、去って行った。

そして、席には終始無言の佐藤と如月が残された。

程なく、ようやく佐藤が重い口を開いた。

「如月さん……こんなことになってしまって……。剣を奪われたのは私の責任です。ですが、信じて下さい。私は、渚に情報を漏らしていない……」

「判っています。でも、結果は最悪です」

それを聞き、佐藤は如月に向き直る。

「如月さん。私はもう少し剣を奪った連中について調べてみたいと思っています。剣を持ち去った奴が言っていたのです。『これで全てが変わる』と。奴ら、ただの刀剣マニアの集団でない可能性があります」

そう言って、佐藤は懐から一つのバッチを取り出し、机の上に置いた。

「これは、渚達と一緒にいた時、襲ってきた奴が付けていた物です」

「拝見して宜しいですか？」

如月が佐藤に問う。

「どうぞ……見憶えはありませんか？」

しばらく繁々とバッチを見ていた如月。そして呟く様に言った。

「ログハウスを爆破し、逮捕された犯人グループの一人の自供では、『剣友会』という組織の構成員だと名乗っているそうです」

「剣友会……」

佐藤も呟く様に言う。

「公安もノーマークの組織の様です。過去に前科もありません」

如月は、昨日今日なされた自供を既に把握している。恐らく如月一派は警察、検察等、行政機関内部にも相当数がいるのであろう。しかし、情報漏洩《ろうえい》の元と決定視されている自分に、何故この様な機密を話すのであろうか。

「……俺に話すとまた、どっかに漏れるかもよ」

佐藤が笑いながら言う。

「かも知れません。皆さんの手前ああ言いましたが、私は情報漏洩の元が貴方の故意によるものとは思ってはいません。貴方が考えているより武庫島党の準構成員や協力者は多いのです。大方、その辺から私の接触を察知したのでしょう……」

普段からそうだが、如月の表情は微塵の冗談も感じさせない。

「……如月さん。自分にまだできることがありますか？」

「いえ、今回の一件で私の組織内での影響力に傷が付きました。当分は大規模動員の作戦は承認されないでしょう。ですが、剣の捜索は継続せねばなりません。そこで佐藤さんにお願いがあります」

ほれ来た。

「情報管理の甘い学生上がりを頼るのですか？」

佐藤は、如月に対し嫌味も含めそう言った。

「ですからあれは、皆さんの手前上、貴方を悪役にするしかなかったのです」

「いい迷惑だ。で、当分派手な身動きはできないけど任務継続中の如月さんは、これからどうするの？」

更に佐藤の嫌味は続く。

「貴方も少なからず興味を抱いているはずです。剣友会という連中に……」

如月の言はもっともだ。確かに佐藤は剣友会という存在に興味を抱き始めていた。

「否定はしない。俺に、まさか剣友会に潜入しろとでも言うのか？」

「素人《しろうと》学生上がりの貴方にそんなことは求めていません。あれほどの組織ですし、連中のことを調べる手勢くらいは持ち合わせています。貴方には少し、草薙剣のことや小沢講師の学説について調べて頂きたい」

佐藤は、しばしの沈黙の後、口を開いた。

「その手間賃として剣友会の情報って訳か」

「ええ、そういうことです」

佐藤と如月の利害は合致した。だが、佐藤はここで現状を招いたがめつさを発揮した。

「剣友会の情報もいいが、如月さん、学術調査っていうのはカネばかりかかって大した利益にならないのをご存知ですか？」

「と、言いますと？」

「現在仕事もない自分は、学術調査に邁進《まいしん》できる訳だが、同時に貯金もない」

何と佐藤は金の無心を始めたのだ。

「以前というか、この間の報酬としてお渡しした額では不足だと？」

「あれは、犯人と接触するリスクと警察相手の猿芝居の報酬だろう？　今回の調査に使うのは筋違いだし、足らんのも事実だ。調査は引き受けるが、そっちがないとまともな調査はできないぞ」

その言葉に如月は一瞬呆れた顔をしたが、すぐに答えた。

「……判りました。期待通りの額とはいかないかも知れませんが、可能な限り提供致しましょう」

それを聞いた佐藤はニヤリとした。

「そう来なくっちゃ。報告はどれくらいにする？　月一でいいか？」

（この人は、本当に素人学生上がりなのだろうか……）

佐藤の言動とがめつさに如月は一瞬そんなことを思った。だが、佐藤や渡部の経歴は信頼のおける配下が調べ上げたので間違いないはずだ。渡部はさておき、この佐藤の危機管理能力とがめつさは尋常ではない。一体何が彼をそうさせたのか、全く以て理解できなかった。だが、思った以上に使える人物かもしれないとも思いだしていた。

そんなことを考えつつ、如月は懐からペンを取り出し、手近にあったコースターにＩＰ電話の番号を走り書きした。

「以後、連絡はこちらにお願いします。報告会は、緊急の場合以外は月始めの第一月曜、場所はここで、ということで……」

そう言い終わると前の二人に倣い、如月は小銭をテーブルの上に置いて立ち上がった。

「くれぐれも身辺にはご注意を……」

小声でそれを言い残し、如月もまた佐藤の前から立ち去った。テーブルには佐藤だけが取り残された。その佐藤もしばらく考え込む様にじっと動かず固まっていたが、程なく立ち上がり、三人の残した小銭を掻き集めて会計に向かった。

こうして物語は新しい展開へと入った。渚は剣を追い、渡部は卒論にようやく邁進できる環境を手にし、如月は剣を追いつつ、この事件の端緒を探りだした。そして、佐藤は如月の支援の下、剣と小沢講師等々の事柄に関する調査の生活に入った。

全員が事件以前の日常に戻った様に見え、微妙に違う日常を過ごし始めた。

しばし平凡な日々が、日常が流れた。それぞれが、それぞれのすべきことを行い、それなりの成果を出しながら……。渡部の卒論は順調に進み、提出期間へ照準を合せて順調だった。そのため彼は、月一の佐藤と如月の密会（報告会）を知ってか知らずか、努めて関与しようとしなかった。

佐藤と如月の月一の密会で互いに色々なことが判り始めていた。この間の渚の行動には不明な点が多い、いや剣を追っていたということ以外何一つ何をしていたか判らなかった。

ほんの……ほんの僅かな時が流れた。

草薙剣が史上に現れてからの年月を見れば、ほんの僅かな時だった。

しかし、渡部にとっては恒常的な妨害者たる佐藤が如月の調査に没頭していたため、学問を志して以来、一番研究に集中できた初めての期間だった。

季節は移ろい、寒さと共に近づく卒論の締め切り……だが、妨害者がいないとこれほどまでに円滑に作業が進むものなのか？　本当に要因はそれだけなのか？　後々そう疑問に思うほどに全てが円滑に進んだ。

経済的な問題が全くなかったのも要因かもしれない。が、主たる要因はやはり妨害者の不在である。彼の存在が渡部にとって、効率面においていかに不利益かということを実感した日々でもあった。

だが、人間関係というものはそれだけではない。だからこそ今日まで佐藤との関係が続いているのだ。彼と自分は、草薙剣に関わる諸問題で改めて実感したが、『異質』な存在である。だからこそ相互の欠点を補い合って人間関係が成立しているのかもしれない。

故郷ではそろそろ雪の季節だ。だが今の渡部に『雪見見物』に帰れるほどの暇はない。

全てはあっという間に過ぎていった……。それほどに充実した日々だったのであろう。こうして渡部の卒論は今度こそ事務的問題もなく提出された。

さてさて渡部の口頭試問。追い込みの最終局面にいたるまで草薙剣に振り回された渡部の卒論は「煩雑《はんざつ》」「適当」等々散々に教授に指摘されたが、事務的問題がなかったので単位は認定され、晴れて卒業と成った。

一方佐藤と如月は、相互に調査した結果を月一で交換し続けてはいたが、二人とも、いまだに草薙剣を剣友会が欲する真の理由には到達していなかった。

渚は相変わらず行方不明で、連絡も行動も不明だった。

佐藤は、その瞬間を自宅の自室で迎えた。

時に平成二十三年三月十一日、十四時四十六分十八・一秒……。

最初は目眩《めまい》か何かかと思った。だが、それは明らかに違う……P波（地震の初期微動）だと確信した。慌てて部屋を飛び出し、食器棚等の開放防止具を施錠し、矢の様な速度で自室に戻り、以前から不安定だと感じていた本棚の前に立ち、それを支える姿勢を取った。以前から自分勝手に決めていた『地震対処行動』だった。

初期微動が軽微だったので、勘違いか、地震だったとしても大したものだとは考えていなかった。しかし、用心に越したことはない。だが、本震（S波）はいつまで経っても来ない。『勘違い』という言葉が確信に変わろうとしたその時、それは『来た』。

最初はゆっくりと、そして揺れは徐々に激しくなってきた。大地震だ!! その揺れは二十余年の人生経験に聞き及んでいるそれと違う、『激しく小刻みな烈震』というより、何やら『振れ幅が大きくフラフラと長い』不思議な地震だった。それは震源地が遠くて、かつて自らの経験にないほどの巨大地震であることを示していた。

しかしこの地震、揺れが長いが、それ以上強くなりも弱くなりもしない。フラフラと長々しく揺れ続けるだけだ。一瞬、この地震が永遠に続くモノではないかと錯覚するほどだ。佐藤は本棚を支えに入ったことを後悔し始めた。地震の前はこれほどの長さを予期していなかった。

なおも続く地震。本棚はふらつき、今にも下敷きにされそうだ。その時佐藤に幸いしたのはそれが安物だったことだ。自重が軽いので、揺れや重力の影響が少なく、大きく振れるがどうにか支えきれた。

揺れは弱くなり始めると急速にその力を弱めていった。程なく全く揺れを感じなくなった。

佐藤は本棚を支えきった。しばらくして本棚から手を離した。そして辺りを見回す。あれだけの揺れのはずなのに、室内の被害は驚くほど軽微で、地震前と大して変わっていなかった。停電もない様で拍子抜けした感覚を抱えつつ、自室を出る。ここも被害は軽微、積み上げてあった古新聞が崩れた程度であった。その古新聞の中から必死にテレビのリモコンを探す。程なくそれは見つかり、電源を入れた。

デジタル機器はテレビに限らず電源が入るのに時間がかかる。何ともこういう急場にはイライラさせられる。

ようやく画面が出ると、その右下に太平洋側の海岸線が真赤に表示された日本列島の映像が目に入ってきた。佐藤は咄嗟に『東海地震』の発生を直感した。が、次の瞬間、その直感は見事に否定された。画面が変わり、日本列島の表示はそのままだが、震源地が表示された。場所は仙台沖……東海地震ではない。では、三陸地震か？M8．4と表示され、最大震度7。後に東北地方太平洋沖地震とよばれ、世にいう「東日本大震災」の幕開けを知らせる号砲だった。

しばらくテレビ画面を凝視する佐藤、その最中にも余震が来る。大したことはない。状況を大体把握した佐藤は自宅の被害状況の確認に入った。

佐藤、渡部、渚、そして如月も、この大災害が剣友会の草薙剣の関与する出来事だとはこの時点では夢にも思っていなかった。こうして物語は新しい局面を向えるのだった。

第二部

一章　大震災

昭和十九年の神事の再現の如く、八岐大蛇召喚は再び日本に大災害を齎した。

東日本大震災の特徴は、その規模と被害の広域性、多様性である。中でも最も大きな被害を齎したのが、地震とともに発生した最大波高三十メートルに達した大津波である。津波は、日本全土の沿岸はおろか、米国西海岸まで達し、中でも青森〜千葉にかけての太平洋沿岸では大津波となり、特に岩手、宮城、福島の三県沿岸には巨大津波となって押し寄せた。そして、沿岸の集落多数を尽く《ことごと》破壊した。

八岐大蛇の怒りに触れた日本はあらゆる意味で窮地に追いやられることになる。

ここにもまた一人、震災で窮地に追いやられようとしている人物がいる。渡部である。彼の親族は、死者こそ出なかったものの、経営していた会社、工場、農場、牧場等が甚大な損害を被り、彼の経済基盤を直撃した。結果、大学院進学のための資金調達が困難となり、慌ててバイトをしたものの入学金すら準備できずに大学院進学が絶望的となった。

旱天《かんてん》慈雨、再び渡部は如月に救われた。佐藤の情報収集を手伝うという条件で如月が多額の一時金を渡部に支払ったため、どうにかこうにか大学院進学の夢は叶った。しかしながら、それまで実家から得ていた経済支援を失い、生活が困窮していたことに変わりはなかった。

一方大学院受験に二年連続で失敗した佐藤は、如月の資金援助の下、順調に調査活動を続けていた。

今回は震災後初の、四月分の如月への定期報告の日。大学近くの喫茶店、かつて渡部、佐藤、如月、渚が一堂に会した場所がその会場である。

「遅くなりました。スミマセン」

既に席についている佐藤のもとに、如月が遅れて現れた。

「いいですよ。どうせ暇な身分ですから」

佐藤が答える。

「暇ですか……ご家族はご無事でしたか？」

「ええ……お蔭様で、親族は皆無事でした。親の会社の取引先に被害は出た様ですが、会社自体には何の問題もありません」

「それはよかった」

「如月さんの方はどうですか？」

「色々言えない部分はありますが、当方の活動に支障はありません。佐藤さんにも渡部さんにも今まで通り支援することができます」

「それは助かるよ。学問（調査）って奴は、金ばかりかかっても直接金は生まんからな。理由は何にせよ、おまえさんの様なパトロンは貴重だ」

　佐藤が笑顔で言う。

「で、今月の報告は？」

「渡部の調査を加えても今回は大した成果はないよ、何しろ原発事故と計画停電の影響で、東北を中心に東日本は混乱状態だ」

　佐藤は一冊の冊子を取り出し、続ける。

「今回は今まで判ったことを纏《まと》めてみた。自分なりにね」

「それは貴方の仕事ではありません。私は情報収集しか依頼していませんよ」

「まあ、そう慌てるな、小沢さんの遺した史資料の整理が進むと大分情報の量が増えてな、この辺で一旦情報の整理と精査、そして調査方針の再検討が必要になっただけの話だ」

「必要不可欠であると？」

「そういうことだ」

　佐藤は冊子の一ページ目を捲り、話しだす。

「先ず草薙剣の製造者、製造年代はともに不明。神話では、須佐能尊が倒した八岐大蛇の尾から出てきたとされている」

佐藤は紅茶を飲む。

「この一件の後、草薙剣は一旦ヤマト……即ち日本を離れることになり、高天原《たかまがはら》の天照大御神に奉じられた。再び草薙剣が日本の地に戻るのは、天孫降臨を待たねばならない。つまり朝廷の始祖に当たる勢力は、天孫降臨で表現される部分には既に所有していたことになり――」

「佐藤さん」

「まあ、この辺はおまえさんに聞いた話も含まれているし、裏も取ったから今更言うまでもないか……」

「……」

「草薙剣が初めて正確に年号の判る歴史に登場するのは、六六八年、熱田神宮に安置されていた時に渡来人、新羅《しらぎ》人の坊主《ぼうず》に盗まれかかったところからだ。ここからようやくマトモな史学の範囲に草薙剣が登場する訳だが、その後の過程は壇ノ浦までこの一件には関係なさそうだ」

「そんな説明なら、コンビニで売っている神話関連のペーパーレスブックにだって載っていますよ！」

如月が苛立ち混じりにいう。

「まあ、待て、現在の草薙剣の所在地については諸説あり。先ずは最も有名な壇ノ浦での水没説、今回の一連の事件もおまえさん、渚——いや武庫島党もこの説に基づいた動きだ。他にも宮中や熱田神宮での保管説もあるが、少なくともおまえさんがここにいる以上、宮中保管説は否定できる。熱田神宮も恐らく持っていないのだろう……。武庫島党、剣友会は、壇ノ浦で草薙剣が回収されたと信じている。そして六十五年前まで武庫島党が保管していたことになっている。ここまでが、おまえさんや渚、そして小沢さんの遺した史資料から判ったことだ」

佐藤は紅茶を飲み干す。

「その剣を昭和十九年、何者かが盗み出している」

「それは知っています。問題は何故現代の高須研究室に存在したか、ですよ」

如月が口を挟む。

佐藤は沈黙する。そして空のカップに一瞬目を遣り再び話し始める。

「それは、どういう経緯か知らないが、現在持っていた奴が、小沢さんに調査を依頼したからだ。まあその所有者も小沢さんと一緒に殺されたがね」

「セオリーで行けば、現在の所有者の先祖辺りが武庫島党から盗み出した窃盗犯でしょう?」

「それがただの窃盗犯でもないみたいなんだよ。よく判らんが、剣友会がおまえさんや渚みたいに先祖から受け継いだ任務って訳でもなさそうだし、単なるマニア思考にしては手口が荒っぽすぎる。とにかく剣友会の狙いがよく判らない」

「そうですね」

佐藤の意見に如月も同意する。

「さてここで……だ。状況を整理すると、二つの大きな疑問が出てくる。戦後、昭和十九年以降の剣の動向と、剣友会が剣を欲する理由……どっちを中心に調べる？」

「そうですねぇ……」

佐藤に問われ如月が沈黙する。しばらくして再び口を開いた。

「佐藤さんはどう思われます？」

「人員はたった二人……。いずれかに集中投入すればそれだけ早く結果が出せるが、その分もう片方が疎《おろそ》かになる。同時に進めることも可能だが、いずれも中途半端になる可能性も否定できない」

佐藤が畳み掛ける。

「如月さん、クライアントはあんただ。こちらはあんたの指示通りに動く」

「佐藤さん、貴方の見解は？」

如月が逃げる様に佐藤に振る。

「そうだな……剣友会の正体を知りたければ剣の戦後の行方、目的を知りたければ剣を欲する理由ってところかな？」

再び沈黙する如月。どうやら想定外の佐藤の提案に決断を躊躇している様だ。

そこに更に佐藤が畳み掛ける。

「自分があんたの立場ならば集中投入するがね」

如月は押し黙ったまま何も言わない。しばらくして重い口を開いた。

「もう少し並行して進めて下さい……。次回の報告会は、臨時で、二週間後ということで……」

何とまあ佐藤や渡部には真似できない官僚的な判断を如月は下したのだった。

二章　脅迫

佐藤の如月への報告会から一週間後、ここは東京の首相官邸。

今日首相のもとに一通の手紙が届いた。宛先は時の内閣総理大臣で、差出人は剣友会、題名は『警告は終わった』。とにかく謎が多く、内容も非常に馬鹿げた手紙である。現行の対米従属主義的政策を改めなければ再び大震災が日本を襲う。一般的な政治改革を訴える政治団体の脅迫文に見えたが、震災という辺りが妙に気になった。

そして最後の一文……『この震災は八岐大蛇の怒りである（中略）従わなければ再び大蛇が牙を剥くであろう』。どうもこの一文が気になった。つまり、この脅迫者は八岐大蛇が自らの制御下にあり、自在に震災を起こすことが可能であることを示唆《しさ》している。

市民活動家出身の現首相の政権は震災前から既に限界を迎えていた。今震災で奇しくも延命していたが、それも時間の問題に思われた。そのことを最もよく認識していたのは首相であった。

しかし折角市民活動家が得た首相の地位……手放したくはない。

支持率は低迷し、最早望むべくもなくなっていた。そんな中届いた謎の脅迫状。そして、剣友会とは一体……。そして……そしてその時、首相の脳裏に一つの狂気が過《よぎ》った。

震災は正に有事、国難……その最中の首相交代はあり得ない。そうだ、再びの震災——政権の延命にはそれしかない。

正に保身家権力者の放った究極の狂気だった。


三日後、内調（内閣情報調査局）から報告が上がってきた。剣友会は警察庁公安もノーマークのマニア集団らしい。しかし最近のある殺人事件と誘拐事件、そしてゴルフ倶楽部の廃屋爆破事件に関わっているらしいとのことだった。

内調や別ルートの情報を総合すると、二件の事件には、草薙剣の探索を続ける瀬戸内水軍衆の末裔《まつえい》達や天皇家に関わりの深い土御門家直参の秘密結社も関与している様子である。俄《にわか》に真実味を増す脅迫文の内容……。しかし本当に制御できるのか。疑問は尽きない。だが、仮に制御できているとすれば、再びの震災が生じかねない。……でもそれは政権の延命を意味している。保身家に迷いはなかった。

更に数日後、新聞、テレビニュースのトップは統一された。『水軍衆の末裔、大量の武器を隠匿《いんとく》……一斉摘発敢行』だった。水軍衆の名は武庫島党……渚達だった。が、何故この時期に……大多数の国民の疑問はそこに集中した。

その日のうちに当然の如く佐藤と渡部には如月から連絡があった。『臨時報告会を行うが、公安が武庫島党と接触の在った人物を調査しているので注意せよ』とのことだった。

臨時報告会の日。場所はいつもの定期報告会と同じ喫茶店である。今回は渡部も同席することになっている。

全員が揃うと挨拶もそこそこに佐藤が口火を切った。

「如月さん、一体何が……」

その問に間髪いれず如月が答える。

「判りません。例の剣友会が首相に脅迫文を送りつけた模様です」

「武庫島党の一斉摘発は、その影響か?」

「判りません……ただ無関係とも思えません」

「ところで脅迫の内容は?」

渡部が話に割って入る。

「正確な内容や詳細は不明ですが、東日本大震災を、自分達が八岐大蛇を制御した結果発生したものとし、政治改革をしないと再び震災を起こす……といった内容の様です」

「そんなこと聞かなくても判るだろう……奴らが首相を強請《ゆす》れるネタは、何か大蛇の制御くらいしか……んっ大蛇の制御？」

佐藤が当然の如く始めた発言が途中で疑問符に変わる。

「どうやってそんなことを？」

渡部が言う。

「佐藤さん……調査の方はどうです？」

「いやまさか……」

「佐藤さん、何か心当たりでも？」

如月が佐藤に問う。

「関係があるかどうか判らんが、六十五年前、武庫島党から剣を盗んだ犯人が判りました」

「ほぉ……誰です？」

如月が身を乗り出す。

「某陸軍大尉です。演習名目で陸軍部隊まで動かし、武庫島党の集落を襲撃して、武庫島党と一戦交えて奪い盗った様です」

「随分と荒仕事ですね」

「そこなんだよ……。何か秘密があるらしいのですが、史資料の解析が進んでいません。で、その陸軍大尉の部下で、この一戦にも参加している、ある陸軍准尉の子孫なんですが、それが小沢さんと一緒に殺された剣の持主です」

「二人が殺されたのは剣絡みと見て間違いありませんね」

「その様です」

「何かこう……繋がりがある様でない様で……渡部さんは何か？」

如月が渡部に話を振る。

「繋がりのある話は全く出てきませんね。ただ、小沢さんは八岐大蛇について特殊な説に挑んでいた様です」

渡部は自らの行った史資料解析の結果を語りだした。それは、「生前の小沢講師が唱えていたのは『(仮称）八岐大蛇須佐能和解説』というモノだった」という内容だった。具体的には「八岐大蛇とは草薙剣の力で大和（日本）を支配していた土豪のことで、須佐能尊は激戦の末、その土豪と和解し、剣とともに大和の支配権を譲り受けた」という説である。だが、これは神代の時代の話であり、今起きている事件には深い関わりはなさそうだった。

渡部の意見に如月も同意した。そこで如月は、近代以降の草薙剣の動向に関する調査を優先する様佐藤と渡部に指示した。

しかし佐藤はここで意外な行動に出る。如月の指示に反目して、神代に於ける草薙剣の調査継続を唱えたのだ。前回の報告会では、調査方針に特に意見を述べず、責任回避丸出しだった姿勢とは大違いの態度に如月は驚いた。渡部もまた普段自己主張の少ない彼を知っている。

驚きつつも、現場の把握と草薙剣の追跡を第一目標とする如月の決定は動かなかった。この日の臨時報告会は次回の報告会を予定通り行うことを確認して終了した。

佐藤はどうしても、神代に於ける草薙剣の記述が気になった。そして睡眠時間を削り、独自調査を始めるのだった。

その日の午後から佐藤と渡部は調査の日々に戻った。渡部は大学院の授業もあるので、佐藤の様に専従して行う訳には行かなかったが、どうにかこうにか調査は問題なく進行した。

その間にも武庫島党に対する当局の摘発は続き、党員（郎党）、関係者とされる人物が次々に逮捕された。まだ逮捕者の中には村上渚の名前はなかったが、未成年も数名指名手配されている模様で、その中にいる可能性は否めなかった。

報道は連日続き、最早武庫島党は国家転覆を謀《はか》らんとする危険集団、すなわちテロリストの扱いを受けていた。

佐藤と渡部も渚の行方が気になってはいたが、連絡先を知らず、こちらから連絡するすべはなく、どうすることもできなかった。

臨時報告会が行われていた頃、実は渚は既に都内に戻っていた。多くの仲間が逮捕され、武庫島党の戦力は大打撃を受けている。既に渚に付き従う仲間達も大半が逮捕され、ほとんど単身で行動する状態に追い込まれた。当局の追撃に防戦一方の武庫島党……既に草薙剣や剣友会の追跡どころではなくなっていた。

何とかしなければ、無実の罪で当局に追い詰められ、明日をも知れぬ状況である。もう、東京で頼れる人物も少ない。当然当局は立ち回り先をマークしているだろう……いや、一人いる。決して当局に内通していない人物が。縁も浅いので、マークされていないであろう人物が――あの馬鹿二人がいる。

溺れる者は藁《わら》をも掴む。……頼れるべき人物は他に見当たらない。

三章　再会

　その夜、佐藤は家路を急いでいた。運転免許を持っていない佐藤の移動手段の大半は公共交通機関に依存している。自宅（実家）の最寄り駅で降り、徒歩で家路を急ぐ。間もなく自宅が見えようとする時、佐藤は背後にただならぬ気配を感じた。察するに只者ではない。怨恨《えんこん》の類の心当たりを枚挙すればキリがない。だがこれほどの手練に恨まれる心当たりはない。一体誰なんだ。剣友会……いや奴らは大した手練ではない。公安……尾行される理由はない。だが、通り一遍の警戒は必要そうだ。

　若干針路を変え、自宅前を通過する。そして人気のない公園に向かう。やはり気配もついて来る。そう人数は多くない……数人か一人、いや一人だ。

　高校卒業以来、危機的状況が減り、この手の勘は相当鈍ってきている。しかし今日は久々に勘が冴え渡る。誰かに狙われ、それを回避しようとする勘が……。面倒なので警察に通報することも考えたが、その方が面倒になる可能性も低くはない。ならばこの辺で一気に片を付けてしまおう。

佐藤は公園に向けて走りだす。案の定気配もついて来る。佐藤は公園に着くなり手近な草叢《くさむら》に飛び込んだ。そして息を潜める。程なく一つの人影が公園に走り込んできた。どうやら佐藤を見失ったらしい。

人影は公園中央の街灯の下まで進み、周囲を窺っている。初めて見る気配の全身像……小柄だ。少年？　子供？　……いや女性かもしれない。どうやら有利に闘えそうな相手だ。だが、油断はできない。かつての例もある。相手が手練なら奇襲、それも初手で決める他ない。

佐藤は意を決し、打って出た。猛然と人影に突進する。街灯を避け、暗闇から回り込む。そして一気に間合いを詰めて、持っていた鞄を人影目がけ振り下ろした。

――躱された!!

佐藤の渾身《こんしん》の一撃は直撃する寸前で外れた。人影は見事な身のこなしで佐藤の方に正体する。街灯の光から外れたため、顔はよく判らない。でも、そこにいることだけは確認できる。この一撃を躱されたことは佐藤にとって計算外だった。だが、口火を切ってしまった以上、殺るか殺られるかだ。

佐藤は間髪いれずに第二撃を人影に見舞う。これも躱される。恐ろしく身軽な相手だ！　第三撃も躱される、そして第四撃は、少し大振りになってしまった。恐らく焦りが自然にそうさせたのであろう。

人影はその隙を見逃さなかった。素早く佐藤の側面に回り込み、脇腹に一撃を加えてきた。攻撃に出た動きは中々止められるモノではない。だが佐藤は強引に体勢を立て直して直撃を躱した。人影と正体する脇腹に鈍痛が走る。どうやら無理な体勢変更で日頃運動不足の腹筋が悲鳴を上げたらしい。一転して不利な状況に陥った佐藤は少し後退《あとずさ》りする。

人影は止《とど》めを刺そうと間合いを詰めてくる。いよいよ殺られる——その刹那、街灯に照らされた人影の顔が闇夜に浮び上がる。見覚えのある顔。

「渚か……」

佐藤は唸る様に呟いた。

「女の子にいきなり殴り掛かるというのはどうなんですか、佐藤さん」

渚だ。間違いなく渚だった。

とりあえず二人は対戦現場になった公園を離れた。そして同じ町内にあるファミレスに入った。

しかし二人は何も語らない。長い沈黙が二人を支配する。

その沈黙を破ったのが佐藤の携帯電話だった。電話は自宅からのモノで、帰宅時間を問う内容だった。ふと時計を見れば、既に日付けが変わろうとしている。無理もない話だ。佐藤はこれを適当にあしらった。そして意を決し、渚に対し話を切り出した。

「話してくれませんか？　今になって現れた理由を」

その問いに渚は重い口を開いた。

「ご存知でしょう。現在の武庫島党がおかれている立場は」

弱々しい口ぶりで言う。

「ふむ……眼前の美少女は女テロリストということでいいのかな？」

佐藤は冗談混じりに意地悪く言う。到底適切な態度とは思えない。不適切な態度に対し当然の如く反論が返ってくる。

「違います！」

渚によると一週間前、突然武庫島党の里に強制捜査が入った。全国にいる郎党、協力者、縁者が次々に逮捕され、武庫島党は壊滅状態にあるという。武庫島党は現状、思った通りの危機的状況の様だ。

「で、何が目的です？　貴方も追われているはずだ。危険を冒して最近まで接触していた私に会いに来るとは……」

佐藤の問いに渚は答えに詰まる。何故と問われても、多分渚自身も何を具体的に期待して来たのか判らない。

佐藤は続ける。

「貴方は、指名手配されている訳ではないが、立派な武庫島党郎党の一人だ。少なくとも重要参考人のはずだ。私にとっても会うのはそれなりに危険がある。まあバレても後々知らなかったで通せば通るだろうけどね」

再び沈黙が二人を支配する。だが本当に渚の目的は判らない。このまま対峙していても、互いにとって危険が増すだけである。いや、佐藤固有の事情を考えれば、これ以上帰宅を遅らせる訳には行かない。実家暮らしの悲しいところである。

「如月に会って行かないか？」

突如佐藤が提案する。渚はびっくりした表情を浮かべた。この半年の佐藤と如月の関係については全く知らないからだ。

「とりあえず今日は帰ってくれ。三日……いや五日後の十三時に例の喫茶店で待っている」

そう言って佐藤は伝票を手に立ち上がった。そして店を出た。直後、携帯電話を取り出し、如月が連絡用に用意した電話番号に「五日後に会いたい」と留守電を残した。

五日後、再び大学近所の喫茶店。時間は既に十二時五十分になっている。如月と佐藤は既に席についている。渚はまだ現れない。如月には『会わせたい人がいる』とだけ伝えてある。それが渚であることを伝えてはいない。万が一にも如月が当局に通じている可能性を考慮してのことだ。

果たして渚は来るのだろうか。如月の立場を自分以上によく知っている渚なら現れない可能性が高い。だが、武庫島党の現状を考えれば何らかの打開策を求めて現れる可能性も決して低くはない。まあ五分五分《ごぶごぶ》と言ったところであろう。

仮に渚が現れなかったとしても、佐藤はこの五日間で、独自調査の方で如月に報告すべき目覚ましい成果を挙げていた。渚が現れない場合、それでお茶を濁す予定である。

程なく同じく呼び出していた渡部が現れた。これで役者は揃った。後は渚を待つばかりである。

十三時五分……渚は現れない。如月と渡部は雑談に耽っている。佐藤は気が気ではない。本当に渚は現れるのだろうか。少し不安になってくる。

十三時三十分、いい加減如月と渡部が苛立ち始める。渡部は研究室に戻ると言うし、如月は誰に会わせたいのかと詰問してくる。

十三時四十五分、遂に渡部が席を立った。慌てて止めるが、もう待てないと言う。

やはり渚は警戒して現れないのか……。

その時息を切らせて一人の少女が喫茶店に走り込んできた。渚だ。変装していたので、最初は誰だか判らなかった。しばらくして佐藤と渡部はそれが渚であることに気づいた。

声を掛けて佐藤が渚を呼ぶ。彼女は小走りに席に近づいて来る。

「水軍の姫君も今や逃亡者か……」

開口一番、如月が渚を口撃《こうげき》する。渚は無言で拳を握り締める。

「如月さん！」

佐藤は、如月を制する。そして渚に席につく様に促す。

「佐藤さん、私や渡部さんに会わせたいというのは、このお尋ね者のことですか？」

如月は口撃の手を緩めない。渚は黙してそれに耐えていたが、一言ボソッと言った。

「こちらも今更話すことはない」

「なら私が当局に通報するかも知れない。……トットと逃げた方が賢明ですよ」

如月の毒舌が冴え渡る。

「まあ如月さんもそう言わずに、村上さんも、少し私の提案を聞いて頂けませんか？」

佐藤には何やら腹案があるらしい。まだ誰にも明かしていないことが。

「いいでしょう……聞きましょう」

如月は話に乗ってくる。

「ええ……」

渚も同意する。

「回りくどい言い方は嫌いなので単刀直入に申し上げます。お二人、手を組んではどうですか？」

「おい、佐藤一体何を……」

渡部が止めに入る。それを無視して佐藤は続ける。

「お二人の先祖から受け継いだ使命と因縁は知っています。ですが、敵同士という訳でもありません。ここは一つ、手を組んで、剣友会の行動を阻止すべきだと考えます」

「剣友会の行動？　どういうことだ？」

渡部が佐藤に問う。

「如月さんや村上さん――もとい武庫島党が草薙剣を探す理由と、剣友会が草薙剣を狙う理由が大きく違っている可能性が出てきたのです」

「理由？　奴らが剣を欲する理由が判ったのですか？」

如月が身を乗り出す。渚も顔色が変わる。

「ええ……貴方は、言っては悪いが単に先祖から受け継いだ使命で剣を追っているだけですが、剣友会の目的はもっと実利的な目的だったのです」

佐藤はそう言いながらコピー用紙の束を鞄から取り出して話し始めた。しかしその内容は一同を驚愕させた。その話は一同が俄に信じ難いモノだった。

佐藤の話は二部構成だった。先ず、如月の指示に従って、ここ六十年余の草薙剣の動向、特に武庫島党から陸軍の手によって奪われた辺りを重点的に調べ始めた。最初に陸軍が一戦交えてまで草薙剣を奪ったのは、某陸軍大尉が、ある目的の下に指示したためだった。そこまで説明すると、佐藤はコピー用紙の束とは別に一冊のノートを取り出した。それは小沢の遺した研究ノートだった。佐藤はおもむろにその頁を捲《めく》り、古文書のコピーが貼りつけられた頁を指示した。

「これは小沢さんの発見した未発表の古文書のコピーです。内容は、これまでにないほどに詳細な、八岐大蛇伝説の元になった歴史の記述です」

如月、渚、そして渡部はそれを無言で聞いている。

佐藤は説明を始める。その内容は、こうであった。

嘗《かつ》てヤマト（日本）の中国地方（吉備地方）に八岐衆と呼ばれた豪族衆がいて、同じ蛇（大蛇）の神を祀《まつ》り、一種の国家というか政権というかEUの様な地域共同体を形成していた。ある時八岐衆は、須佐能という流れ者集団との間で戦になった。戦局は一進一退で長期に及んだ。その末、八岐衆は敗北に近い状態で須佐能と和解し、共同体の統一宗教のご神躰《しんたい》であった、後に草薙剣と呼ばれる宝剣を須佐能に引き渡した。草薙剣を入手した須佐能の頭目は、その剣を自らの出身母体である現在の九州、四国あるいは沖縄、朝鮮のいずれかに存在した国家（政権）に奉じ、その政権からの追放を解かれたという内容だった。

これが八岐大蛇須佐能和解説の根幹である。

「佐藤……確かに剣の出所を示す重要な歴史的史資料だが、一体この説や某陸軍大尉がどうして剣友会に絡んでくるんだ？」

渡部が疑問を呈する。

「まあ最後まで聞け。ここからが、壇ノ浦はともかくとして、古代と近現代——もとい某陸軍大尉や剣友会を結びつける記述なのだ」

佐藤は続ける。古文書の記述は、八岐衆や須佐能……両者の戦闘だけでなく、何故草薙剣が八岐衆の統一宗教のご神躰なのかについても記述されている。この伝説に関する佐藤の見解によれば、草薙剣には一種の自然エネルギーを制御する能力があるらしいとのことだった。

「佐藤さん。まさかそんな荒唐《こうとう》無稽《むけい》な伝説を真に受けているのではないでしょうね？」

如月が問う。

「無論、俺は信じちゃいない……。だが武庫島党と一戦交えて剣を奪った陸軍大尉や剣友会の連中は信じているのかもしれない。えーと何処にやったかな？」

佐藤は再び鞄の中を探す。数分後、ビニール袋に入った一冊の軍隊手帳を取り出した。

「そのコピーが確かこの辺に……」

そう言いながら佐藤は、今度は机の上のコピー用紙の山の中を探る。

しばらくして佐藤は一枚のコピー用紙を手に取った。

「これは小沢さんと剣の持ち主が殺された家で発見した物だ。これによると、某陸軍大尉は草薙剣の入手後、それを用いて、ある神事を行ったとの記述がある。その神事の詳細については不明だが、『八岐大蛇召喚による鬼畜米英の撃滅』と記述されている箇所がある」

「おい佐藤……お前、頭は大丈夫か？　そんなこと、できる訳ないだろう」

渡部が佐藤を諌める。

「そう、できなかった。陸軍大尉じゃ格下すぎたらしい……いろんな意味でね。この手帳によると、大尉が召喚に失敗し、神事を行ったことで現場の洞窟に生き埋めになり、部下の准尉に救出されたらしい。だが、草薙剣の自然エネルギーのコントロール能力は眉唾《まゆつば》でもないのかもしれない」

「そんな非科学的な……。剣一本にそんな力がある訳が……」

如月もそれを否定する。

「俺もそう思っていた……、だが、現実に神事が行われたのは、手帳によれば昭和十九年十二月二十七日から二十九日にかけてだ。……と言っても大戦中のことだから大半の日本人はピンと来ないだろう。実はこの二十九日は、昭和東南海地震の日なのだ。日本から本土決戦の可能性を奪い去った、忘れられた大災害の日と符合するのだよ」

「偶然でしょう」

と、如月が問う。

「そうかもしれない。もし今回の震災（東日本大震災）が、剣友会が神事を行った結果だとすれば……」

「まさか、そんな非科学的な……」

如月は絶句する。

「馬鹿馬鹿しい。おい佐藤、俺はおまえがもう少し科学的な人間だと思っていたんだがな」

渡部はまだ信じていない様子だった。

佐藤は、ここからは自分の仮説だと前置きして話を続ける。

彼は、前の報告会で如月が剣友会を脅迫したことを挙げ、何らかの形で政府がこの一件に介入しようとしているのではないかという仮説を展開した。ここで沈黙を守っていた渚が口を開き、武庫島党に対する一斉検挙はどのように説明するかを聞いた。

佐藤は、怒らないで聞いて欲しいと前置きしたうえで、更に仮説を展開する。つまり、何らかの情報に於いて政府は剣友会の活動（行動）を阻止せず、剣奪還という名目の下、剣友会の活動を妨害しようとする武庫島党の弾圧に踏み切ったのではないか……というモノだった。

その仮説に渡部は、何故同じく剣奪還に向かい、行動する如月――もとい土御門は弾圧されないのかと問う。佐藤の見解では、存在を知らないか……あるいは存在を知っていても政府系機関に多くの協力者、関係者を持つ如月達に手が出せないのではないかと推定した。

「……という訳で、如月さんに村上さん、貴方がたは剣を欲する目的がほぼ一致している。草薙剣に不名誉な歴史が加わりかねない、そのことは特に如月さん、貴方が望むところではないはずだ。村上さん、このままでは、いや現状、武庫島党は壊滅状態です。今後の活動には新たな協力者が必要なはずです」

「その点に於いて、我が土御門と武庫島党が共闘できると？」

如月が口を開く。

「何も俺は土御門と武庫島党に合併を進めている訳じゃない。この草薙剣の一件に関しての対立関係を、剣友会から奪還するまでの間だけでも解除し、共闘してはどうかと提案しているのです」

この提案に一番驚いたのは渡部だったかもしれない。何故ならば、この提案をした佐藤をこの場で最もよく知る人物だからだ。ケチで保身家の佐藤が、失敗すればその責任を問われかねず、生命の危険すらあるリスクを何故犯すのか。少なくとも渡部の知る佐藤からは大きく逸脱した行動だった。

「佐藤さん……この提携話、やけに武庫島党のメリットが多くありませんか？　それに対して、我々土御門にとってはテロリスト指定を受けている様な武庫島党と組むということは当局と対立しかねない。デメリットが多すぎやしませんか？」

と、如月。全くもっともな話だ。

「なるほど……現状、武庫島党の保有戦力は問題にならないでしょう。しかしこの間のログハウス（廃ゴルフ場）での鉢合わせの様なことはなくなるでしょう。現政権が剣友会を支援する立場に回った以上、ここは……ここは共闘すべきであると思います」

一方渚は黙して語らない。一斉検挙で戦力を失った今、土御門の件は願ってもいない話のはずだ。しかし余りにも多くの戦力を失い、この場で切るべき交渉カードも失っていた。

全ては土御門……如月次第ということだ。

結局この日、如月も渚も佐藤の共闘提案に対して何の回答も出さなかったが、あからさまな拒絶はしなかった。流石に組織の一員である。この二人に先祖の因縁に関わる重要な決定は行えない様だ。つまり『持ち帰って検討』といったところであろう。

この日の報告会は、渚が一定の場所に留まることを懸念して、佐藤、如月、渚の三者が連絡先を交換して早々に解散となった。

四章　共闘

　報告会も終わり、大学にさしたる用事もなかった佐藤は自宅に帰った。今日は誰にも尾行されていない様子だ。

　自宅に帰るなり、佐藤は自室に足早に駆け込んで施錠し、ベッドの上に寝転がって天を仰《あお》いだ。天井には古ぼけた照明が一つ……そして視界には自分より遥かに年寄りの自宅の天井が見える。

　一昨年、部員不足のサークル同士が合併を画策して失敗した時のことが頭を過る。腹黒細魚の仇名《あだな》で通る佐藤。しかしこの手の策謀を成功させたことはない。意外な事実である。

　果たして如月と渚は、この共闘話に乗ってくるだろうか。サークルの合併話の時は、双方部員不足を解消できるという点で、それなりにメリットが大きかった。しかし今回は明らかに土御門のデメリットが先行している。公安当局に追われ、既に壊滅状態の武庫島党……セオリーなら見棄《みす》てるのがベストだ。ここで武庫島党を救援するような真似は明らかに無謀だ。保守派ではなく市民活動家上がりの多い現政権は、土御門とは言え保守派ほど重要視しないだろう。最悪の場合、土御門すら弾圧の対象となりかねない危険行為だ。

今、武庫島党にどれほどの戦力が残っているかは不明だ。しかし実利だけを考えれば武庫島党がこの共闘話に否定的結論を出すとは思えない。だが、これは全て実利で考えた話だ。

いずれか、あるいは双方が伝統とか習わしとかそういったモノに少しでも拘《こだわ》れば、この共闘話は破綻する。佐藤が今日まで策謀を纏め切れないでいる理由の一つが、そういった背景を無視した提案をする傾向があるためだった。

そして、佐藤は、天井の一点を凝視した。……今考えても仕方がない。もう賽《さい》は投げられたのだ。最早成り行きを見守る他ない。様々な思いが脳裏を過る中……佐藤は眠りについた。

それから三日後、先に結論を出したのは、案の定武庫島党だった。

佐藤は渚に呼び出された。場所は佐藤の実家近くの公園。そう、佐藤と渚が再会したあの公園である。

夕方頃、佐藤はあいかわらず時間にルーズな人柄で、待ち合わせ時間に少し遅れて行った。しかし渚の姿はまだなかった。

何気なくベンチに座り、渚の登場を待つ。……しかし怪しげな気配がする。公安か、土御門か、武庫島党の残党かは判らないが、明らかにこの公園は包囲されている。今からでも立ち去るべきだろうか。だが、相手が公安であれば職務質問あるいは一時的な拘束は避けられまい。自分に判るということは、当然渚ほどの手練であれば、気配を察して現れないだろう。何かのヘマで現れれば捕まるだけだが……いずれにせよ今自分にできることはない。ただひたすらに渚を信じて待つのみである。

程なく小柄な少女の様な人影が現れた。帽子を目深《まぶか》に被り、顔立ちや表情を窺い知ることはできない。

公園には怪し気な気配と少女以外はない。渚に間違いなかろう。

少女はつかつかと無言で佐藤の座るベンチに腰掛け、口を開いた。

「長が決断致しました。武庫島党は草薙剣の一件に限り土御門と共闘致します」

渚だ、間違いない。顔は確認できないが声色で判る。それもいつになく落ち着いた口調だ。

「そうか、土御門、如月からはまだ何も言ってこない……。後は奴の出方次第だ」

「佐藤さん……」

「何かまだあるのか？　トットと立ち去った方がいいんじゃないか？」

佐藤は辺りを見回す。

「大丈夫です。この公園は我が武庫島党が制圧しています」

「そうか」

しばらく間をおいて渚が口を開いた。

「佐藤さん……ありがとうございます……」

「？」

「土御門との共闘を提案して下さって……これでどうにか持ち直すことができそうです」

「礼ならまだ早いよ。如月は何も言ってきていないんだ。共闘を断る可能性だってある」

「それでも、今の武庫島党にとって土御門との共闘が唯一の希望の光です。長もそう申しておりました」

「長には『礼には及ばない』と伝えてくれ」

そう言って佐藤は立ち上がった。

「公安当局がここを嗅《か》ぎつける前に退散するよ」

佐藤はニヤリと笑ってそう言った。

「佐藤さん」

追い縋《すが》る様に渚が言う。佐藤は立ち上がったまま振り向く。

「その……お礼は長の言葉ではありません……」

「？？」

「……あの……その……私個人からの佐藤さんへの……」

そこまで言って渚は口籠《くちごも》る。佐藤はそれを察して……。

「判った、皆まで言うな……。如月には武庫島党の承諾は伝えておくよ……じゃ」

佐藤はそう言うと踵《きびす》を返し、ズボンのポケットに両手を突っ込んだまま公園を後にした。


それから二日後、如月から武庫島党と土御門の共闘を承諾する連絡があった。

――やれやれ、これで同士討ちでの非業《ひごう》の死だけは避けられそうだ。


更に一週間後、渡部抜きで再び佐藤、如月、村上渚の三者で改めて会談が持たれ、協議の結果、草薙剣を剣友会から奪還するまでの間、土御門と武庫島党は共闘することと相なった。奪還後の剣の処遇については、別途会談が持たれることになった。

かくて土御門と武庫島党の間で（歴史的？）共闘が成立し、対剣友会体制が確立された。しかし書類上同等の立場とされた両者であったが、政策捜査の影響で弱体化した武庫島党は明らかに土御門と対等な立場とは言い難かった。

協定締結後、如月は、各方面の土御門人脈と影響力を駆使して武庫島党への弾圧軽減に尽力したが思うに任せず、渚以下武庫島党幹部の活動の黙認以外、満足な成果を得ることはできなかった。


そして次の月の報告会は佐藤、如月、渚、渡部の出席の下で行われた。前回の臨時報告会以降、土御門と武庫島党の協定締結に奔走《ほんそう》していた佐藤が満足な研究成果を挙げたはずもなく、目新しい調査の進展はなかった。

しかし情報とは驚くべき方向からやってくるモノである。この報告会で如月から新しい情報が齎されたのだ。何と如月は、本件の情報の大半を防衛省及び在日米軍にリークしていたというのだ。

結果、現在防衛省は政府と対立することを恐れて協力には消極的だが、米軍が非常に興味を示しているらしいとのことだった。

佐藤は、防衛省のリークによる政府への情報漏洩を懸念したが、如月は何故かその心配はないと言う。佐藤ならずとも当然の懸念だったし、渡部も防衛省へのリークには懸念を示した。如月は本件で武庫島党を弾圧している公安当局（警察、内調等）に対抗する必要性からそうしたのであろう。ここは日本だ、在日米軍も大きな動きはできないだろうが、間接的とは言え政府に圧力を掛けることは可能かもしれない。防衛省が米軍に同調する可能性もあり、そう可能性……全ては可能性の域を出ない話であるのだ。

話が意外な方向に進み始めたのは、この月の定期報告会の席上、正式に土御門と武庫島党の共闘協定が締結された直後だった。

報告会の二日後、再び如月は佐藤のみを呼び出した。そして次の様な話を持ち掛けてきたのだった。

「佐藤さん、先日申し上げた通り、在日米軍はそうした情報に大変興味を持っています。そういった情報を取り扱うセクションもあります」

如月は言う。

「まさか。言いだしておいてなんだが、こんなオカルト紛《まが》いの話をか？」

佐藤が疑問を呈する。

「ええ……奴ら（在日米軍）の思惑は判りませんが、とにかくもう少し詳しい話を聞けないかと言っています」

「本当なのか？」

「米軍というのは結構オカルト好きで、ＧＨＱの時代から日本で聖杯の大規模捜索をしたり、一九五〇年代のロズウェル事件とか……」

「で、俺にどうしろというのだ？　如月」

「直接横田基地に出向いて説明して欲しいそうです。そしてこれが臨時の身分証、私も通訳として同行します」

そう言って如月は三枚のカードを取り出した。

「……実は、できれば渡部さんにも参加して頂きたい」

「ふーん……勿論交通費、出張費他特別手当は？」

佐藤が如月に問う。如月は呆れた顔をして言った。

「当日は米軍が迎えの車を寄越すそうです。特別手当も支給しましょう」

佐藤はニヤリと笑った。

「その話、引き受けた。渡部も説得する」

こうして事態は、日本では禁じ手ともいうべき在日米軍を巻き込む展開に突入することとなった。

五章　在日米軍

五日後、佐藤、渡部、如月の三人は、横田基地の一室で、小沢の遺した八岐大蛇須佐能和解説の説明を在日米軍関係者と思しき米国人達にしていた。

佐藤が説明し、英語の得意な渡部が質問に答えるという形式が取られた。

対する在日米軍側は五人と意外に少なく、出席者はあからさまに進駐軍ふうの二人の軍人、同じく軍服は着ているが学者風の者が一人、残りは背広姿の黒人と日本人が一人ずつ。日本人は何処かの大学か大学院の研究員か学生の様だった。

一通り説明が終わる。軍人達は無関心で、黒人は理解不能といった感じ、日本人は呆れ果てた様子だった。

しかし、一人だけ軍服を着た学者風の男は興味津々《しんしん》だった。その男は説明の最中からあれこれと細かい点を質問してきて、渡部が答えに苦慮する一幕もあった。質問の内容から察するに、日本神話に造形が深い様である。

見た目は日本人だが、微妙に英語交じりの様な訛《なまり》があり、恐らく渡米して長い日本人か日系二世か三世といったところであろう。

説明会の後、帰ろうとする三人にこの人物が声を掛けてきた。

「如月さん……それにミスター……」

「佐藤です……」

機先を制し、佐藤が答える。

「佐藤さん、貴方の話は非常に興味深い。できればご一緒に食事でもどうですか？」

「ああ……渡部、おまえも……」

そう言い掛けたところで佐藤の言葉は遮られる。

「いえ、私は佐藤さんと個人的にお話ししたいのです。勿論、別途、帰りはお送り致します」

「そう言われてもなぁ……如月」

佐藤は如月の方に目を遣る。

「私は、一向に構いませんよ。行ってきて下さい」

渡部もそれに同意する。

数十分後、佐藤は横田基地の士官食堂でアメリカンサイズのステーキと対峙していた。件《くだん》の人物が奢《おご》ってくれるというので調子に乗って色々と注文したが、眼前のステーキだけでも腹に収まるか不安だった。そこで満腹感をなるべく感じない様に喋りながら食べることにした。

「ところでミスター……えーと」

そう言えばまだこの人物の名前を聞いていなかった。

「すみません、まだ名乗りもせずに……。私は在日米軍十七課、ケン・緒方陸軍中尉です」

名前から察するに日系人の軍人の様だ。

「その……緒方中尉、随分と日本語がお上手ですね」

この皮肉に緒方中尉は嫌がりもせず答えた。

「私は日系三世です。シスコのリトル東京で育ちました。大学では日本神話を専攻して一年ほど日本にも留学しました」

「なるほど……」

佐藤は巨大なステーキをナイフで切り、口に運ぶ。そして次の質問を繰り出す。

「緒方中尉は何故陸軍に？」

「大学の先輩にスカウトされたのです。『おまえの専攻を活かせる職場がある』と……」

「そうですか、羨ましいですね。日本の自衛隊にそんなセクションはありませんよ」

「私が十七課αチームに入ったのは全くの偶然です。先輩がいなければリトル東京で実家の家業を継いでいました」

「ふーん。その十七課αチームというセクションは、一体何を任務としているのです？」

佐藤が問う。

「詳しくは話せませんが、十七課はGHQ以来日本神話や宗教についての分析を担当しています。今は如月さんの持ち込んだ八岐大蛇の話に非常に高い関心を抱いています」

なるほど、それで全ての謎が解けた。しかし、本当にこんな調査をしている佐藤でさえ信じ難いオカルト紛いの話を、米軍は本気で相手にする気なのだろうか。そんな疑問を抱えつつ、巨大ステーキの攻略を続ける佐藤。だがこういう人材を置き、専門機関まであり、真面目に聖杯探しをしていたというのは、あながち如月のいうことも嘘ではない様に思えた。

この二人にどの様な意図、会話があったかこれ以上のことは明かされていない。ただ、この数時間の説明会と会食で二人は意気投合し、佐藤が帰る頃には名前で呼び合う仲になっていた。そして緒方中尉は如月を通じて調査報告を求める代わりに十七課、そして中尉個人として、この件にあらゆる協力をすると約束してくれた。

帰りは緒方中尉の私用車で佐藤を自宅まで送ってくれるという。佐藤は辞退したが、緒方中尉がどうしてもと言うので受け入れた。

帰りの車中でも二人は非常に和やかな雰囲気であった。しかし佐藤は、ここまで行くとケン――いや緒方中尉個人の意思以外にも、何らかの上部組織――十七課、在日米軍司令部の意志が働いているのではないかと考えざるを得ないと……。

だが、今や変則的ながら日本政府が同調している剣友会に対立する位置になってしまった以上、それに対抗するためには在日米軍と友好関係を保つ道もあると考え、敢えて何も気づかない振りをしていた。

横田基地での説明会から三日後。佐藤と渡部は調査の日々に戻っていた。史資料と格闘する、味も素っ気もない日々。だがこれで金が得られるのだから学者にとってこれほど嬉しいことはない。ここまで来ると一種の仕事の様なモノであろう。そんなことを考えつつ、鋭意調査に励んでいた。

この時期の如月と渚の動向には謎が多く、佐藤達の側から連絡しなかったこともあり、不明な点が多い。剣友会と草薙剣の行方を追っていたことだけは確かである。

更に二日後、大学の某校舎屋上。正午頃、佐藤と渡部の二人がいた。二人はそれぞれ葉巻（カクテル・ドライ・マティーニ）と煙草（ダビドフ）を飲んでいる。

「ワーターベー、何か新発見あったか～」

だらしない口調で佐藤が渡部に問う。

「いや、な～んにもない……ソッチはどうだ？」

「そうだな……」

剣が目前に姿を現して以来……卒論の傍らながらここまで一般日本人として平和に過ごしてきた渡部には鮮烈な記憶に残る日々だった。しかしここに来て剣や八岐大蛇に関する新発見も減り、漫然とした史資料整理の様な日々が続いていた。

佐藤もまた同じ気持ちだった。緒方中尉とああ約束はしたものの、今度の定期報告会で報告できそうな事柄は何一つない。見つかりもしない。

二人の士気は急速に下がりつつあった。

更に一週間が経過した頃、突如として如月からの呼び出しがあった。呼び出されたのは佐藤、渡部、渚、そして緒方中尉も含まれていた。ことは一大事の様だった。

呼び出しから三日後、指定された町工場の跡地に集まった一同に対し、最初に到着していた如月は、全員が揃うが早いか切り出した。

如月の話は二つ。一つは東日本大震災前後の剣友会の動向が判ったという話だった。それによると剣友会は大震災の三日前より神事を行っていたというのだ。そして同時に震災の前後に二度、日本政府に対し政治改革を迫る脅迫を行っているとのことだった。

　これに緒方中尉が反応した。無理もない。在日米軍所属の彼にとって、これは死活問題になる話だった。

「召喚に失敗しただけで二度の大震災（昭和東南海地震、東日本大震災）が起きたとすれば、その八岐大蛇の秘めた能力は測りしれない。もしそんなモノが召喚されれば、米軍とて苦戦は免れませんな」

　突然佐藤が持論を展開し始めた。

「問題は、日本政府が何故、これを阻止する力を持っていながら、阻止するどころか阻止に動く可能性のあった武庫島党を弾圧しているかという点だ」

「この一件の日本政府の動きは複雑怪奇です。何を考えているのか判りません」

　緒方中尉の言う通りだ。当然米軍に対する敵対行動への懸念は日米安保で考えてもこの手の問題は日本政府が処理すべき問題である。無視するならばまだ判るが、積極的に米軍の不利益になり、どの方向に動いているのか意味が判らない。だが問題は如月の報告の二つ目にあった。それは、剣友会が再び神事を行おうとしているということだった。

　一大事である。もし……もし本当に昭和東南海地震や東日本大震災の原因が、佐藤や渡部の調査通り草薙剣と神事にあるとすれば、再びの神事で何らかの大規模自然災害（大地震）が起こされる可能性が高い。再びの大災害は国家存亡の危機としか言い様がない。

余りにも現実離れした話……。だが辻褄だけは合っている。

最初に発言したのは渚だった。

「剣の所在は判っています。取り返すチャンスじゃないですか」

「その通りです。ですが我が方の動きを妨害するかもしれない……。ログハウスの時以上の戦闘も想定されます。人手は、村上さんと私で何とかしましょう。ですが武器が……」

「我々が何とかしましょう。如月さんと村上さんの手勢では明らかに不足です」

緒方中尉がおもむろに口を開く。

「何だと!!」

「緒方中尉の言う通りです。我々の現有戦力では、内調や県警の介入があった場合、明らかに不足しています」

如月は中尉の見解を追認する。

「だが、やるしかないでしょう」

「……」

「判りました。βチームを派遣しましょう」

緒方中尉から新たなる提案がなされた。

如月以外、この「βチーム」の存在や、その派遣が何を意味するかは判らなかった。

「中尉、これだけの情報でβチーム派遣というのはどうかと思いますが……」

如月はβチーム派遣に難色を示す。だが、中尉は乗り気だ。

「事は重大です。直ちに手配します」

「……」

如月は絶句する。最早中尉を止めるのは不可能の様だ。

肩を落とす如月に佐藤が問うた。

「如月さん、βチームというのは……」

「そのうち判る。ここまで来たんだ、あなたの言いだしたことだし、最後まで付き合ってもらいますよ、場合によっては神事を止めるためにあなたの知識が必要かもしれない……」

如月はそこまで言うと集まった面々に謝辞を述べ、今日のところは解散することを告げた。だが、これは終わりではない、草薙剣を賭した最終章の幕開けに過ぎなかった。そして、如月、渚、中尉の面々はそれぞれの立場に於いて最終章のための準備に入った。

六章　剣友会

二日後……如月の情報の直後から神事が始まったとして、神事は既に三日目に入ったと推定される。佐藤と渡部が調査した結果、突き止めた洞窟の近くの山荘にこの物語の主人公達が集結していた。

如月の土御門、渚の水軍武庫島党残党、そして在日米軍十七課βチームと緒方中尉。土御門と武庫島党は既に協定を締結している。今回はそれにβチームが加わる。そして如月の言葉通り最後まで付き合わされることになった佐藤と渡部もいた。

緒方中尉の尽力で、この日までに全員分の小火器が用意されていた。

一同が、剣友会が陣取る洞窟への突入準備を進める中、佐藤は如月を呼び止め質問を投げ掛けた。

「如月さん……あのβチームって何者ですか。どう見ても日本人でしょう。本当に米軍ですか？」

「何と言いますか……その……普段は埼玉や北関東で活動しているサバイバルゲーム

チームです。こういった、米軍が表立って介入できない面倒な事態のために契約している連中ですよ」

「そんな連中に本物の武器渡していいのかよ!!」

渡部が割って入る。

「在日米軍自らがお出ましになるより、マシということだよ。大ごとになっても日本人同士のことで片付けられるし……。米軍は武器だけ提供して知らん顔ということだろ」

戯《ふざ》けながらも佐藤が話を強引に締める。

「まぁ……そういうことです」

如月も追認する。

最早、物語は渡部を筆頭とする一般日本人の常識の及ばぬ世界に突入していた。

「佐藤さん、渡部さん、これをどうぞ……護身用です」

その会話に緒方中尉が割って入り、二人に小型拳銃を差し出した。

「緒方中尉、ありがとう。だが要らんよ、どうせ借りても使い方は判らんし、下手に使えば自分が怪我するだけだろう……」

佐藤は小型拳銃を所持することを丁重に拒否した。

「既に内調の非公然部隊が当地に入ったことは確認済みです。今日は間違いなく撃ち合いになります。丸腰では何かと……」

「素人がその程度持ったところで何も変わらんだろう……。逃げ足と身軽さには自信がある、あんた方が確実に外の連中を抑えてくれれば、這ってでも洞窟まで辿り着いてみせるよ」

「ですが……」

緒方中尉も食い下がる。佐藤はニヤリと笑ってこう答えた。

「大丈夫、万が一撃たれても誰にも文句は言わんから」

この様子を見ていた渡部も拳銃の所持を辞退した。

布陣は、土御門が先陣を切り、兵力不足の武庫島党が搦手《からめて》、βチームが援護に回るという、極力米軍が表に出ない作戦となった。


先陣を切るのは土御門。さすがの練度で山道を苦にせず暗視装置だけで米軍式の歩兵装備を携えてドンドン登って行く。βチームもそれに続く。武庫島党はいささか山道に不慣れな様子で、渡部に至ってはほぼ徒手空拳《としゅくうけん》（特に装備なし）にもかかわらず、行軍速度に付いて行くのがやっとといった感じだ。

だが、流石は海の民。闇夜でも視力は抜群だった。最初に人影を発見したのは、合コン時に渚が連れてきた遥だった。

「渚様、あれを……」

小声で遥が告げる。その姿は合コン時の華やかさとはうって変わり、米軍の用意した戦闘服に身を包み歩兵装備を携えていた。

渚が遥の指し示す方向を暗視装置で確認する。ヘルメットに装備付きの防弾ベスト、手には武器らしきものも見える。

人影は静かに同じ場所を往復している。歩哨《ほしょう》の様だ。多分他にも付近にいるだろう。

その姿を敵と確信した渚は、如月とβチーム指揮官にこのことを伝える。

「渚様、一人なら咲と二人で仕留められます」

遥が言う。確かに相手が手練でもこの二人がかりなら音もなく歩哨を始末するだろう。

渚が考えていると如月が言いだした。

「相手がこちらを発見した場合、どういう出方をしてくるかが不明です。後々のことも考えると、こちらから手を出すのは好ましくありません」

如月の言うことはもっともだ。だが、相手はプロの特殊部隊である。なるべくなら先手を取って状況を有利にしたい。

「そうですね。打ち合わせ通りに行きましょう。咲、遥、先に行け」

「はい」

小声で二人が返事する。

「如月、正面はお願いします」

「判りました。配置完了（相手の側面に武庫島党が付く）次第、連絡を」

「では、手勢を指揮しますので」

そう言って渚は武庫島党を追い、闇に消えていった。

この局面で佐藤は色々言いたいことがあった。だが、集団戦闘に於いては彼らの方が経験豊富だ。無頼漢相手の喧嘩とは違うのだ。それに自分の目的は戦闘ではない。そう考え、何も言わなかった。

程なく武庫島党が確認した歩哨の側面に付いた。それを確認して如月達土御門は歩哨の正面から前進を開始した。βチームは土御門の背後に付き、その円陣の中心には佐藤と渡部が入った。

前記の通り土御門の練度は高い。だが相手も手練、気づかれずに接近するには限界があった。如月の目から一瞬、歩哨の動きが変わったように見えた。次の瞬間歩哨は射撃姿勢を取り、いきなり土御門の隊員が潜む草叢に向け発砲を開始した。その歩哨の背後から同じような格好をした人影が集まって来て発砲に加わる。

流石の土御門もいきなりの発砲は予期していなかった。慌てて地面に伏せる。

軽快な連射音、相手は機関短銃の様だ。

「怯むな！　応戦だ」

如月の檄《げき》が飛ぶ。それを聞き土御門が一斉に射撃を開始した。

たちまちその場は、至近距離銃撃戦の修羅場と化した。互いの発砲音と火箭《かせん》が交錯する。βチームも緒方中尉に状況を報告しつつ、戦闘態勢をとる。

「村上、敵は無警告で撃ってきた。側方から挟撃してくれ！」

如月が無線に向かって怒鳴る。その時突然、傍らの土御門の隊員が音もなく斃《たお》れた。そしてもう一人。火箭に捉えられた様子はない。――一体？

「付近に狙撃手!!　全周囲警戒」

βチームの指揮官が叫ぶ。夜間戦闘に於いて暗視装置と消音器付きの狙撃銃はこのうえない脅威だ。βチームは、歩哨方向に向けていた筒先を翻し、各個別に暗視装置で辺りを見回し、狙撃手を探す。

「渚、付近に狙撃手がいる！　見つけ次第駆逐してくれ！」

「四時の方向！」

突然βチームの一人が叫ぶ。βチームの筒先がその方向に向き、集中射撃を加える。狙撃銃は連射が苦手である。こうなると俄然《がぜん》不利だ。狙撃手は陣地変換（移動）を迫られる。無論、最適地から移動するので有効性は下がり、移動中には狙撃は中断する。自動小銃と狙撃銃では圧倒的に射撃精度が異なるため、狙撃手を仕留めるのは困難だ。だが、一瞬沈黙させただけでも俄然戦術的に彼我の優位は逆転する。

「次、九時の方向」

別の隊員が叫ぶ。こうして次々に最適な場所に位置取りしていた狙撃手を撃退していく。流石米軍が契約している連中だ。その練度は、野戦では土御門を凌駕《りょうが》するかも知れない。

一方、正面で陣形を組み、土御門と激しい銃撃戦を繰り広げる敵（内調の非公然部隊）主力は、武庫島党に側面を突かれ陣形が崩れた。狙撃手の脅威が減衰したと判断した如月は、果敢に突撃を下令した。

「今だ。突撃！」

号令一下、土御門は、敵主力に対し自動小銃を連射しながら正面前進する。だが、敵も手練だ。すぐさま態勢を立て直し、有利な地形まで後退しようとする。明らかに戦術的後退だ。敵が新たな防御線を構築する前にどれほど打撃を与えられるかが勝負だ。

戦局は優位だが、敵には決定的打撃は与えていない。

遭遇戦に始まった戦闘は、敵が陣地に入ったことで攻城戦に変わった。相変わらず敵狙撃手は、見え隠れしながら自動小銃の有効射程ギリギリまで接近して来てはこちら連合軍の、陣地への攻撃を妨害する。

しかし、連合軍の優位は動かない。何故なら敵が使用するのは拳銃弾を連射する機関短銃、連合軍はライフル弾を連射する自動小銃。圧倒的に火力が違うのだ。だが、相手の目的は連合軍の洞窟到達を神事終了まで引き伸ばすこと。火力的優位があっても、手練の敵部隊相手に混成部隊の連合軍は迂闊《うかつ》に近づけない。

今度は、側方から武庫島党が敵陣地に浸透、壮絶な白兵戦が始まる。武庫島党は、船内での戦闘を想定した訓練をしているので、陣地という閉所では圧倒的だ。

土御門も火力を防御線一点に集中し、これを援護する。

程なく敵は陣地を放棄、第二線に後退し再び態勢を立て直す。今度は側方も固め、搦手の武庫島党を容易に接近させない。同じ失敗は繰り返さない……やはり手練だ。無理な射撃は控え、前進、浸透を試みる連合軍に対し、自らの武器の有効射程内に入り次第射撃を加える。狙撃手とも密に連携している。遂には非殺傷型の閃光手榴弾《しゅりゅうだん》を用い、連合軍の暗視装置を潰そうとする。

米軍提供の高性能暗視装置は旧型と違い、閃光で使用者が視覚に障害を負うことは少ない。だが、一時的に強烈な閃光で暗視装置の視界を奪うことは可能だ。

こうして連合軍は結果的に第二線も突破したが、相応以上の戦力と時間を失った。

続いて第三線、敵も戦力が低下したのか第二線ほど時間はかからなかったが、やはり時間の損失は痛い。

こうして連合軍は、剣友会が籠る洞窟が見える最終防衛線まで押し込んだ。だが、敵はこれを想定していたらしく、そこにそれなりの戦力を残していた。

相変わらずの敵狙撃手による妨害もあり、遂に連合軍は進行の停滞を余儀なくされた。

佐藤は、この状況下で渡部を護ることに徹していた。

二人は洞窟に近づいたので、渡部が首を伸ばして覗《のぞ》こうとする。その頭を佐藤が押さえつけた。

「しっかり伏せろ！　頭を飛ばされるぞ」

「……よく見えない。あれが例の洞窟か？」

渡部が問う。

「その様だな……」

洞窟を背後に、敵は依然連合軍に激しい銃撃を加えてくる。

刹那、先鋒の土御門の何人かが撃ち倒され、βチームのいる辺りまで敵弾が及ぶ。

「畜生、このままじゃ近づけない」

佐藤は、低い姿勢で走りだした。ノタノタとした動きで渡部が続く。

程なく佐藤達は、搦手の武庫島党のところに到達した。そこでは、不得手な陸戦ながら奮闘する渚以下武庫島党の姿があった。

「渚！　このままじゃ埒《らち》が明《あ》かん！　犠牲は出るかもしれないが突入する」

佐藤は、そう渚に告げた。今搦手の武庫島党が最も洞窟に近い位置にいる。

「……判りました。おい、手榴弾を残している奴はいるか！」

渚が手勢に問う。

「無茶だ！　やめろ、佐藤！」

渡部が強攻策に踏み切ろうとする佐藤と渚を止める。

「渡部、いたのか！　おまえはここにいろ、素人は怪我するだけだ」

「おまえだって素人だろう」

渡部が反論する。

「……佐藤さん、やります！　私に続いて下さい」

「援護してくれればいい、中の剣友会はロクに武装していないはずだ！」

刹那、傍らの人影が立ち上がり、敵陣に黒いモノを投げ込んだ。すぐさまその人影は被弾してその場に斃れた。次の瞬間、敵陣が爆発した。一瞬敵の砲火が乱れる。

間髪いれず渚は飛び出し、自動小銃を乱射しながら突撃していった。素早く佐藤も続く。一拍遅れて渡部も続く。こうして三人は洞窟に入った。

中には数人、人影があった。中央には祭壇が据えられていて、前には明らかに侵入者に気づいたにも拘らず微動だにしない人影が、怪しげな祝詞を唱え続けている。

「動くな!!」

渚は自動小銃を手に怒鳴る。人影達は、祭壇に向かう一人を除き、たじろぐ。やはり剣友会の連中は非武装の様だ。

その時渡部が洞窟に転がり込んできて、渚に激突した。渚は、渡部の巨体の下敷きになってしまった。

人影はその間隙《かんげき》を見逃さなかった。次々に襲いかかってきた。

佐藤は咄嗟に足元にあった角材を蹴り上げ、手に取った。恐らく祭壇を組み立てた際の残りであろう。そして、襲い来る人影を次々に殴り倒しながら怒鳴った。

「渡部!! てめぇ、どっちの味方だ！」

渡部はその巨体で、自動小銃を持ち、数に劣る連合軍の圧倒的優位の根拠となっていた渚を押し潰してしまったのだ。佐藤が怒鳴るのももっともな話である。

だが、この程度のことは彼我の優位を逆転する要因とはなり得なかった。喧嘩慣れした佐藤は、襲い来る人影を次々に角材でなぎ倒していく。一対多数……同士討ちの心配はない。思う存分、やり放題である。

洞窟内に佐藤達が入った頃、表の連合軍と内調非公然部隊の激闘も熾烈を極めていた。

連合軍βチームの指揮官は焦りを感じていた。現在彼我の形勢は自軍が優位だが、事態が長引けばそれは逆転する。非公然部隊とは言え、彼らは公然と増援を求めることができる。何とか早く奴らを掃討しないと……。

その時突然無線が入った。山荘に残った緒方中尉からのモノだった。

「こちらベース（最初に連合軍が集合した山荘）、どうやら地元住民が地元警察に通報したらしい。パトカー数台がこちらに向かっている」

何ということだ。現行、テロリスト扱いの武庫島党――それと交戦する内調――警察がいずれに付くかは火を見るより明らかだ。パトカーの数台は問題にならないが、これだけの騒ぎ、十中八九、機動隊やＳＡＴは出て来る。

緒方中尉の通信は続く。

「指揮官、現状を報告せよ」

指揮官は冷静な口調で現状を説明する。

「敵の抵抗により一進一退です。敵掃討見込みは不明……」

しばらくの思考の後、緒方中尉は言い放った。

「宜しい、作戦変更だ。洞窟を爆破しろ。洞窟ごと敵を屠《ほふ》るのだ。そのうえでβチームは早期撤収を目指せ」

「現在、搦手の武庫島党が接近しています」

この時点では、佐藤達が洞窟に突入したことを、緒方中尉もβチームも如月達土御門も知らなかった。もし知っていたにしても、『イザ』という時のために米軍が最初から用意していたのかもしれない。

「早期撤収優先だ。武庫島党には勧告を出せ……。いいか、撤収優先だ」

「了解しました。準備に入ります」

佐藤は、洞窟内で剣友会と一進一退の攻防を繰り広げていた。多勢に無勢、しかも飛び込んだはずみで激突し、意識を失った渡部と渚を庇っての戦いは容易ではなかった。

「…………佐藤……さん」

背後でか細い声がした。ようやく渡部の巨体を押し退《の》けて渚が這い出て来たのだ。

しかし自動小銃はどこかへと消え、手傷も負っている様だった。

「渚!!」

佐藤は、振り向くようにして、持っていた角材を渚の方に投げた。そしてその間隙を突いて襲いかかってきた人影の顔面に、振り返り様に一撃を加えた。

渚は、佐藤の投げた角材をどうにか受け取り、交戦を開始した。手負いながらも渚の参戦、こうなると俄然優位だ。二人は多勢の剣友会を圧倒していく。渡部はまだ夢の中だ。だが、その方がいい。邪魔になるだけだし、この戦いは彼には刺激が強すぎる。

βチームは一気に前進を開始した。火力を全面に押し出し、洞窟に迫る。爆薬を洞窟内に投入するためだ。その時、如月や土御門一行はこの行動に驚き、如月は指揮官に問い質した。

「どういうことだ。双方に犠牲者が出るだけだ。戦闘は極力避ける方針だろう」

指揮官が答える。

「地元警察が迫っている。よって緒方中尉から洞窟の爆破命令が出た。爆破後、βチームは撤収する」

「何だと、剣の確保が最優先じゃないのか？　剣ごと洞窟をふっ飛ばす気か！」

如月は指揮官に掴みかかる。

「……命令通り実行します」

βチーム指揮官は冷徹に言い放つ。

なるほど、在日米軍の本音はこれか……。凄まじい力を持った剣——その確保が困難になった時、事態に関わった者もろとも剣を抹消する。武力脅威に対する、これが米軍の答えだった。

しばしの思案の後、如月は言い放った。

「五分で剣を確保する。全員、援護してくれ！」

そう言うと如月は携行する自動小銃の残弾を確認し、洞窟に単身突入しようとする。

「如月さん、危険です。無理です」

土御門の要員が必死に如月を止める。

「貴様、それでも幾千年朝廷にお仕えしてきた身か！　我が土御門、八百年の宿願を眼前に退けるか!!」

押さえつける土御門の要員達、暴れる如月——爆破準備を進めるβチーム。三者の思いが交錯する。

その時突然通信が入った。搦手の武庫島党からのモノだった。

「搦手武庫島党、土御門本隊へ……既に洞窟内に学者の佐藤さん他一名、及び渚様が突入しています。安否不明！」

この報告に再び如月が激怒する。

「渚め！　あの海賊《かいぞく》野郎、抜け駆けする気か！」

事態は刻一刻と終末に向かい、突き進んでいた。

この報告にはβチームも驚愕した。そして、指揮官は緒方中尉に仔細《しさい》を伝え判断を仰いだ。

緒方中尉は逡巡《しゅんじゅん》した。洞窟爆破は佐藤を吹き飛ばす結果になるかもしれない。だが、上からの命令ではそれも想定の範囲内として扱われている。答えは、「止むをえない」……だ。

そこで指揮官に、突入した三人の安否確認をする様命じた。しかしどういう訳か三人とは無線が繋がらず、安否どころか所在すら不明とのことだった。

国家もとい在日米軍と友人……緒方中尉はその板挟みに追い込まれつつあった。彼が生粋《きっすい》の職業軍人であれば躊躇なく国家安康のため、決断したであろう。しかし彼は学問のため軍人をやっているに過ぎない。心の中では常に、軍人である前に学者でありたいと思っている。だが、今、自分の決断一つで最重要同盟国の命運が決しようとしている。世界の警察を自負する米軍に奉職する身で、同盟国の命運より友人の身命を優先することが許されるのであろうか……、到底許されるモノではない。軍法や規則以前に、米軍が立脚する理念の問題だ。

結論が出かかった時、その思考は罵声《ばせい》で遮られた。如月からの通信だった。

「緒方中尉！　貴様それでも大和民族の末裔か!!　平気で味方を吹き飛ばす気か!!」

「……」

緒方中尉は無言でそれを聞き続ける。

「どうしてもやるというならやれ、だが、我が土御門はおまえの様な出戻りの好きにはさせないぞ。何としても草薙剣は我が土御門の物だ」

出戻り……。そうだ。緒方中尉は気づいた。私は日本人ではない。日系三世、アメリカ人だ。

「……私は、米国軍人であり、アメリカ人です……。如月さん、私はその信念に基づいて行動します」

緒方中尉は如月に言い放った。

「そうか……判った。貴様との縁もこれまでだ。我が土御門は、あくまでも朝廷の影だ。その信念に基づいて行動する！」

見事な売り言葉に買い言葉となった。

「……ではお互いの命運に神のご加護あらんことを……」

そう言って緒方中尉は通信を切った。

こうしていよいよ物語は大詰めを迎えようとしていた。利害の一致から共闘した土御門、武庫島党、在日米軍の三者であったが、その最終目的部分と功名争い（剣の確保）を巡って微妙なズレを生じ、今や連合軍は空中分解状態に陥った。

土御門は遂に突入を決意し、武庫島党も渚救出のため、突入する。βチームは相変わらず爆破準備を着々と進めていた。


表の騒ぎを露知《つゆ》らず――佐藤達は剣友会をあと一歩のところまで追い詰めていた。目標は祭壇に向かう人影一人。最早、時間の問題だった。しかしその時間が問題なのだ。下手に時間稼ぎをされ、神事を終えられては元も子もない。ここには米軍に近いが異なった佐藤の別の思惑があった。

とにかくこの戦いはもう長くは続かない。祭壇を守る最後の一人はたじろいで中々襲いかかってこない。間合いを詰める佐藤と渚。そして、渚が襲いかかって守護者は呆気なくKOされた。

「ゲームセットだ。神事をやめてもらおうか……」

佐藤がまだ祭壇に向かう人影に言う。

そうすると人影はスックと立ち上がり、手にした日本刀を抜きざまに渚に振り降ろしてきた。大した腕ではない、咄嗟だったが渚は躱した。しかし手にした角材を切断されてしまった。

「邪魔立てはさせん……」

人影の退いた祭壇を見ると、そこにはあの日、大学の研究室に忍び込んで見つけた草薙剣があった。

人影は渚に刀を突きつけ間合いを詰める。その刃先に佐藤が割って入る。

「こいつは俺に任せてもらおう。こいつには借りがある、ログハウスでは危うく屋根の下敷きにされるところだったからな」

人影は、少し考えた様な素振りを見せた後、思い出した様に言いだした。

「あの時の学生か。生きていたとは驚きだ……」

「ちょいと逃げ足には自信があるもんでね。巨漢一人抱えて逃げるのには難儀したがね、小沢さんの借りも返さなくてはね……」

「……なるほど……では先ず、貴様から始末してやる」

人影が刀を構える。

「渚……下がっていろ、こいつは俺が片付ける。おまえはその隙に剣を……」

佐藤が小声で言う。

「はい」

人影が拍烈《はくれつ》の気合いとともに上段に刀を振り上げ、斬りかかってきた。

佐藤は苦もなくそれを躱す。そして人影の顔面に一撃を加えた。手応えはあった。

だが、浅い。日本刀に対する恐怖故か。

一瞬蹌踉《よろ》めいた人影だったが、すぐに体勢を立て直し、身構える。そして再び佐藤に斬りかかる。今度は振りも小さく、隙がない。手は出せない。

しばらく一進一退の攻防が続く。

業を煮やした人影は刀を構え直し、突きに切り替えてきた。殺人には最も有効な戦法だが、その分隙も多くなり危険な戦法でもある。

その突きを闘牛士の様に躱した佐藤は、その勢いで人影の顎を砕いた。

人影は吹っ飛び、もんどりうって地面に転がった。急所に入ったらしく、ピクリとも動かない。

その時、洞窟の入口の方で声がした。

「佐藤さん、如月です」

敵中突破に成功した如月が洞窟の入口に到着したのだ。如月は続ける。

「早く脱出して下さい。米軍は洞窟を爆破する気です」

佐藤は一瞬それが理解できなかった。あの緒方中尉がこの様な荒療治を行うとは……到底理解できない。だが、如月の言葉に嘘はないだろう。

「判った。渚は剣を……如月さん、手伝ってくれ、渡部の奴、伸びちまったんだ」

佐藤が矢継ぎ早に指示を出す。

渚は剣を、佐藤と如月そして同行の土御門と武庫島党は気絶した渡部を運んで洞窟から離れようとする。

　刹那、洞窟直上の山肌が大爆発を起こした。ガラガラと山肌は崩れ、洞窟を埋める。そして佐藤や渡部、土御門、武庫島党も巻き込まれてしまった。

終章　日常

次に佐藤が気づいたのは、病院のベッドの上だった。渡部はまだ隣のベッドで魘《うな》されている。大きな外傷はないそうなので、そのうち意識が戻るだろう。

早速に病院関係者を捕まえて状況確認を行う。

そうこうしているうちに渡部が意識を取り戻した。佐藤がその顔を覗き込む。

「……ここは?」

「大丈夫だ。おそらく市内の病院だよ」

佐藤は答える。

「そうだ、剣……如月や村上さん、米軍はどうした?」

「そう慌てるな。既に我々の入院費用は支払い済みだそうだ」

「!!　それで連中はどうした?」

徐々に正気に戻り、渡部は佐藤に詰め寄る。その時右脚に激痛が走った。

「右脚は捻挫《ねんざ》、左腕鎖骨骨折だそうだ。俺も落盤の時に右脚をやられたよ……。亀裂骨折だって」

「……畜生……」

渡部が唸るように言う。

「まあ当分我々は動けないということだ……。だが、二人ともよくこの程度で済んだモノだよ。死んでたっておかしくなかったほどのことだからね」

佐藤は言う。

「そうだな……」

「あの場にいた奴の誰だか知らないが、生き埋めになったところを掘り出してここまで運んでくれたんだろうな」

「ああ……」

渡部は力なく答えた。


二人はすぐに動ける様になり、精密検査でも異常は見つからなかったので間もなく退院となった。

とりあえず二人は東京に戻るべく大阪行きの特急に乗った。

この頃に至っても、渚も如月も緒方中尉も、そして剣友会も、二人の前から忽然《こつぜん》と姿を消したままだった。あの日の神事から今日に至るまで、誰一人姿を現さなかった。

不自然な状況の中、渡部は呟く。

「なぁ佐藤、一体何だったんだろうな……」

車窓に流れる風景を眺めつつ佐藤が答える。

「判らん……草薙剣も、闘いも、小沢さんが死んだのも、大地震も……そして如月も渚も在日米軍も、夢みたいだったな」

佐藤は溜息をついて続ける。

「夢だったのかもしれないな——白昼夢……。だが、何人もの人間が死んでいる。大地震もあった。最悪の……最悪の部類に入ると思うよ」

「悪夢か……夢なら醒《さ》めるかな?」

「醒めるだろうよ。無事に東京に着けば多分、今までと余り変わらない日常が待っているはずだ。日常なんて簡単に乱されるが、そうそう変わるモノじゃない」

佐藤が答える。

「そんなモノかなぁ……」

「まぁ恐らく……非日常は去った……。これからはまた単調な日常の始まりだよ」

「……」

「だが、如月の調査の仕事がなくなったのは痛いな。あれ結構、割のいいバイトだっただろう」

「……おい、そこかよ!!」

こうして草薙剣は再び行方知れずという歯切れの悪い結果にはなったが、佐藤と渡部にとって草薙剣を巡る奇妙な事件は終わりを告げようとしていた。

剣を巡り争った人物達が二人の人生にとって何を残したかは、判らない。だが、三度目の大地震は起きずに、再び震災を望んだ首相は失脚した。事件は佐藤達の思惑を超えた大きなレベルでも動いていたのだ。

特急は行く、日常に向けて二人を運んでゆく——。

完

著者プロフィール

如月 克行（きさらぎ かつゆき）
東京都港区在住。
工業高校電気科卒業。
私立大学文学部史学科卒業後、国立大学専攻科に進学。
東証一部上場企業勤務を経て、大手家電メーカー関連企業（特定）派遣社員となり、現在に至る。
＜著書＞
『秋葉原戒厳令』（2012年7月、文芸社）

震源宝剣 草薙剣闘争譚

2015年3月15日 初版第1刷発行

著 者 如月 克行
発行者 瓜谷 綱延
発行所 株式会社文芸社
〒160-0022 東京都新宿区新宿1－10－1
電話 03-5369-3060（編集）
03-5369-2299（販売）

印刷所 株式会社平河工業社

ISBN978-4-286-15942-3